유령이 된 소년

유령이 된 소년

1판 1쇄 2021년 6월 15일

글 김근혜

펴낸이 모계영 펴낸곳 가치창조 출판등록 제406-2012-000041호
주소 서울 종로구 사직로8길34, 1104호(경희궁의 아침 3단지 오피스텔)
전화 070-7733-3227 팩스 02-303-2375 이메일 shwimbook@hanmail.net
ISBN 978-89-6301-242-1 (43810)

가치창조 공식 블로그 http://blog.naver.com/gachi2012
단비청소년은 가치창조 출판그룹의 청소년책 전문 브랜드입니다.

유령이 된 소년

김근혜

단비청소년

1

학교 폭력 위원회는 올해 두 번 열렸다. 오늘이 두 번째 학폭위가 열리는 날이고, 나는 지난번처럼 가해자로 출석했다.

교장실에 모인 사람은 모두 12명이다. 가해자로 나온 나와 우리 엄마, 피해자로 나온 경준이와 태호 그리고 그들의 엄마. 나머지는 담임과 학교 운영 위원장, 상담 교사, 학교 위원들이다.

"자 모두 자리에 앉으세요."

교장 선생님 말씀에 모두 자리에 앉았다. 다만 나와 엄마는 모두가 지켜보는 가운데 교장 선생님 맞은편 자리에 섰다. 우리 엄마를 위한 의자 따위는 없었다. 다른 사람들처럼 엄마에게도 폭신하고 고급스러운 의자에 앉게 해 달라고 주장하고 싶었지만,

가해자는 그 어떤 제안도 하기 어렵다. 분위기가 그랬다. 모두 나를 이미 나쁜 놈으로 점찍은 분위기였기 때문이다.

"네가 우리 애한테 쓰레기라고 했다는데 맞니?"

굵은 웨이브 머리에 검정 원피스를 입은 경준이 엄마가 다짜고짜 내게 물었다.

"경준이 어머니 심정은 이해하지만 먼저 절차를 따르시지요."

운영 위원장이 경준이 엄마를 달래듯 말했다. 운영 위원장 왼쪽 가슴에 달린 금배지가 전등에 빛났다.

"제가 지금 절차 따지게 생겼어요! 저번에 재가 우리 애 때렸을 때도 담임 선생님이 한 번만 봐달라고 애원을 해서 눈감아 줬는데 또 저 지경으로 만들어 놨어요. 그런데도 제가 평정심을 찾아야 하나요?"

첫 번째 학폭위 때도 경준이 엄마는 저렇게 말했다. 마음 같아서는 감방에 넣고 싶은데 담임 선생님 때문에 참는 거라고. 경준이 얼굴 한 대 때린 거로 감방에 간다면 경준이는 무기 징역감이다. 녀석이 괴롭힌 애들이 줄잡아 한 트럭이 넘는다. 경준이 엄마 서슬에 운영 위원장이 고개를 절레절레 흔들더니 날 쳐다봤다.

"경준이 어머니 말씀이 맞니?"

나는 고개를 끄덕였다. 경준이는 쓰레기가 맞다. 녀석은 입에서도 쓰레기 냄새가 나지만 더 고약한 건 녀석이 지껄이는 말이다.

녀석의 한마디 한마디는 나를 쓰레기통으로 착각하게 만든다. 어떤 말을 했는지는 꺼내고 싶지 않다. 그럼 나는 또다시 녀석의 좁은 새가슴에 발길질해 댈지 모른다.

“어머머. 저 눈 하나 깜짝 안 하고 했다고 하는 거 봐!”

경준이 엄마는 ‘어머머’를 연발하며 호들갑을 떨었다. 뒷짐을 지고 서 있던 경준이가 찢어져 겨우 아문 입술 한쪽을 슬쩍 올렸다. 장소가 장소인 만큼 나는 못 본 척 고개를 돌렸다.

“경준이 SNS에도 욕을 써서 괴롭혔다는데 맞니? 그것도 거의 매일 밤 12시에.”

이번에는 교장 선생님의 질문이다. 교장 선생님은 언제나 공명정대를 강조하시는 분이다. 그래서 세상에서 가장 존경한다. 반들반들한 대머리도 내게는 부처님 머리 뒤에 빛나는 광배처럼 느껴졌고, 두툼한 손과 넓적한 얼굴은 불의에 맞서 싸우기를 주저하지 않는 삼국지의 장비 같아 보였다.

“맞아요. 하지만 먼저 시작한 건 경준이에요.”

나는 그런 교장 선생님을 믿고 힘주어 말했다. 덕분에 모두의 시선이 경준에게 쏠렸다. 삐딱하게 서 있던 경준이가 얼른 자세를 고쳤다. 경준이 엄마가 ‘정말 그랬니?’ 하는 눈빛으로 경준이를 쏘아봤다. 경준은 찢어진 입술을 꾹 다문 채 리드미컬한 어깨춤으로 그런 적 없다는 표현을 했다. 경준 엄마는 ‘그럼 그렇지!’

하는 표정을 짓더니 이내 나를 째려봤다.

"우리 아들이 저 애가 먼저 시비를 걸고 때렸다고 했어요. 대체 악랄한 행동은 누구 닮은 거야?"

경준이 엄마 눈이 엄마를 향했다. 경준이는 일이 잘되어 가는지 회심의 미소를 지었다.

나는 갑자기 엄마 표정이 궁금했다. 옆에 있으니 슬쩍 보면 될 일을 어쩐지 보기가 두려웠다. 화를 내고 있을까 봐 그러는 게 아니다. 어쭙잖게 나를 걱정하거나 자식 잘못 둔 죄인 같은 표정을 지을까 봐서다. 엄마에게 나라는 아이는 오래전 존재를 상실했다. 그러니 인제 와서 엄마인 척 연기하면 안 되는 거다.

"거기다 죽여 버리겠다는 말도 했어요."

경준이는 내가 진짜 나쁜 놈이라는 걸 확실히 못 박고 싶었나 보다. 다행히 모두가 어쩜 그런 말을 할 수가 있느냐는 듯 눈을 가늘게 뜨고 뜨악한 표정을 지었다. 경준이는 한술 더 떠서 정말 겁먹은 것처럼 몸을 바르르 떨기까지 했다. 연말 연기 대상감이다. 거짓말하지 말라고 주먹을 들어 보이려는데 서늘한 눈길이 느껴졌다. 눈길의 주인은 담임 선생님이었다. 담임이 입을 꾹 다문 채 고개를 가만히 좌우로 움직였다. 주먹을 내리라는 신호였다. 나는 주먹을 내리고 입술을 말았다.

"맞니? 단우야?"

교장 선생님이 다정한 말투로 내게 말할 기회를 주셨다. 정말이지 공평하신 분이다. 나는 말할 기회가 왔음을 알았고 냉큼 입을 열었다.

"경준이 저 새끼가……."

"단우야!"

또다시 담임의 경고다. 여하튼 누가 도덕 선생 아니랄까 봐 티를 내요 티를.

"경준이가 먼저 저한테 아빠도 없는 병신 새끼라고 했어요. 물론 전 아빠가 없으니까 경준이가 틀린 말을 한 건 아니죠. 그렇다고 진실이 상대에게 상처를 안 주는 건 아니잖아요. 하지만 병신이 아닌 건 확실하니까 아니라고 고쳐 말하라고 기회를 줬어요. 그런데 끝까지 고치지 않았고 심지어 제 책들을 창밖으로 던졌어요."

알 만한 사람들은 우리 아빠에 대해 안다. 세상에 비밀은 없다더니 전학 오고 한 달쯤 되니 내가 누구 아들이라는 소문이 쫙 퍼졌다. 그걸 만천하에 알린 사람은 다름 아닌 경준이었다.

교실 문을 열고 들어가는데 아이들이 죄다 나를 쳐다봤다. 아주 불쌍한 눈으로 말이다. 이유를 몰랐다가 칠판을 보고서야 알았다. 경준이가 아빠 실종 기사를 복사해 교실 칠판에 붙여 놓았음을 말이다. 그걸 보는데 눈이 확 뒤집혔다. 그대로 달려 나가 교탁에 삐딱하게 선 경준이를 보기 좋게 두들겨 팼다. 그게 내 첫 번째 학폭위 경력이다.

덕분에 나는 단박에 전교생의 관심을 받게 됐다. 학교 짱인데다 국회의원 아들 경준이를 때려눕혔으니 오죽했을까. 이후로 나를 건드리는 아이는 아무도 없었다. 히말라야에서 실종된 산악인의 아들에게 쏟아진 관심도 곧 거품처럼 꺼졌다.

좀 조용히 사나 싶었는데 엊그제 경준이가 또 시비를 걸어왔다. 전날 밤, TV 다큐멘터리에서 전문 산악인에 관한 이야기가 나왔었는데, 내용 중에 우리 아빠 실종 사건 얘기가 나온 걸 경준이가 본 모양이다.

"너희 아빠 여태 소식 없냐? 아이고. 불쌍해서 어쩌냐?"

누가 들으면 무척이나 걱정되어서 하는 말인 줄 알겠지만, 속내용은 전혀 아니다. 내 아킬레스건이 아빠라는 걸 아는 경준이가 날 열받게 할 요량으로 하는 말이라는 걸 나는 안다.

"너 또 맞고 싶어서 근질근질하냐?"

아빠 얘기에 무거운 돌로 눌러 놓은 불쾌한 감정이 들썩거렸다.

"왜? 또 때리게? 한 번만 더 나 건드리면 우리 아빠가 너 가만 안 둔대. 학교에는 영원히 발도 못 붙이게 할 거란다. 이 머저리, 아빠도 없는 병신 새끼야!"

대단한 백을 둔 경준이가 부럽기는커녕 구역질이 나려 했다.

국회의원 아들 정도면 법이 뭔지는 알아야 하지 않나?

경준이는 곧 태호에게 턱짓했다. 태호가 내 자리로 오더니, 책상 위에 있는 책들을 들어 창밖으로 던졌다. 유치하기 짝이 없었다. 책들은 채 날개도 펴지 못하고 바닥으로 추락했다. 내 이성도 책들처럼 추락했다. 주먹은 어느 때보다 가벼웠다.

"이래도 제가 참았어야 했나요?"

아빠 얘기가 나오자 다들 천장과 바닥으로 시선을 돌렸다. 이런 분위기가 싫어서 아빠 얘기는 되도록 안 하려고 했는데 하고 말았다. 엄마 얼굴은 안 봐도 뻔하다. 곧 울 것 같은 얼굴로 입술을 꽉 깨물고 있겠지. 짜증 나게.

나는 팔짱을 끼고 경준이를 봤다. 경준이는 당황했는지 고개를 숙였다. 덕분에 조금 여유를 찾았다.

"자자, 이번에는 태호 어머니 말씀해 보세요."

교장 선생님이 난데없이 태호 엄마로 방향을 틀었다. 뭐지? 아직 내 무죄가 밝혀지지도 않았는데. 혹시 미리 짜고 치는 학폭위인가? 공명정대한 줄 알았던 교장 선생님도 결국 권력의 사탕을 빤 건가? 이의를 제기하려고 일어서려는데 엄마가 내 손을 잡았다. 엄마가 검지를 입술에 갖다 댔다. 나는 순순히 엄마 말에 따랐다. 엄마는 가끔 현명하게 행동하는데, 어쩌면 지금이 그때인지도 모른다.

태호 엄마는 짧은 단발머리를 손등으로 넘겼다. 그러고는 꽉 끼는 재킷을 잡아당기며 허리를 꼿꼿하게 폈다. 그 폼이 꼭 나를 가만두지 않겠다는 결연한 의지 같았다. 태호는 엄마 뒤에서 손톱을 물어뜯었다.

"너 태호랑 친했었지. 그런데 왜 태호를 때린 거야?"

태호 엄마는 의외로 덤덤하게 물었다.

"엄마, 그 그건……."

경준이가 째려보자 태호가 입술을 꾹 다물었다.

"아들, 넌 좀 가만있어. 강단우, 이유를 말해 주겠니?"

태호와 눈이 마주쳤다. 문득 학기 초에 내 자리에 초콜릿 과자 하나를 슬그머니 올려놓고 도망치듯 사라졌던 태호가 떠올랐다. 경준이 폭행 사건 이후 아무도 내게 다가오지 않았다. 까칠하다 못해 싹수까지 없는 애로 소문이 쫙 퍼져 있을 때 다가온 아이가 태호였다. 신선했고 호기심이 일었다. 다들 눈치 없고 얼빵한 태호를 멀리했지만 친해 보니 착하고 순진했다. 녀석 앞에서는 무장 해제된 것처럼 마음이 편했다. 우리는 매일 껌딱지처럼 붙어 다녔고 서로의 비밀을 툭 터놓는 사이로 발전했다.

폐렴으로 일주일을 결석하고 등교한 날이었다. 나는 그간 연락도 없고 문병도 오지 않은 태호에게 따질 참으로 교실로 들어섰다. 경준과 태호가 어울리듯 어울리지 않게 엉겨 붙어 있었다. 정확히 말하면 경준이가 태호 목에 헤드록을 걸고 있었다. 태호는 새빨개진 얼굴로 발버둥을 쳤다. 이상한 건 태호가 경준이의 괴롭힘을 즐기는 듯 보였다는 거다. 이랬든 저랬든 태호를 괴롭히는 경준이를 냅다 바닥에 내다 꽂았다. 손을 탁탁 터는데 태호가 잔뜩 일그러진 얼굴로 나를 쏘아봤다.

"너 왜 킁! 경준이 때려! 킁! 네가 뭔데?"

태호가 비염이 심해졌는지 킁킁대며 화를 냈다.

"뭐?"

"왜 킁! 경준이 때리 킁! 때리냐고. 네가 깡패야! 킁!"

문 앞에 서서 싸움 구경을 하던 아이들이 태호 말투에 낄낄댔다. 내가 째려보니까 다들 웃음기를 싹 거뒀다. 쪽팔렸다. 어제까지 친했던 친구에게 까이고 있는 내 모습이. 대체 나 없는 일주일 사이 무슨 일이 있었던 걸까?

"태호야!"

이름을 부르는데도 태호는 대답이 없었다.

"차태호!"

"왜?"

성까지 붙여 이름을 부르자 그제야 대답했다. 나름 험상궂은 얼굴로. 그러나 태호 표정은 자연스럽지 못했다. 억지로 얼굴을 일그러뜨리다 보니 입술에 경련이 일었다.

“너 왜 문병 안 왔어?”

달래듯 물었다.

“그 그게 말이야…….”

“야! 얘가 네 꼬붕이냐? 네가 뭐라고 문병까지 가야 해!”

태호 말투가 순해지자 경준이가 우리 둘 사이를 가로막았다.

“왜 안 왔냐고?”

나는 경준이 어깨 너머로 태호에게 소리쳤다. 태호가 움찔했다. 안 되겠다 싶었는지 경준이가 내 한쪽 어깨를 툭 밀었다. 그런 다음 다른 쪽 손을 바지 주머니에 넣고 이죽거렸다. 애쓰는 게 보였다. 나한테 묵사발을 당하고도 대쪽 같은 건방짐을 시전하는 저항 의식 말이다.

“이 새끼야. 아직도 분위기 파악 못 해. 이제 태호는 네 꼬붕이 아니라 내 꼬붕이야.”

경준이가 보란 듯이 태호 어깨에 팔을 둘렀다. 태호가 주눅 든 표정을 지었다.

“태호는 누구의 꼬붕도 아냐!”

그러나 태호는 내 악다구니에도 고개 한 번 돌리지 않았다.

그 이후로 나는 다시 혼자가 됐다. 혼자가 되었다는 사실보다 태호가 경준이의 하수인이 되었다는 사실이 나를 더 슬프게 했다. 더 슬픈 사실은 태호는 경준이가 시키는 건 죄다 했는데 그

일에 나를 괴롭히는 것까지 포함되어 있다는 거다. 태생이 선한 태호가 악을 거들고 나서는 모습은 누가 봐도 안쓰럽기 그지없다. 경준이 무리에게 잘 보이기 위해 애를 쓰는 태호를 볼 때마다 췌장에서 쓴맛이 넘어왔다. 배신감은 컸다. 그러니 다시 말해 나는 태호를 때릴 만큼 애정이 남아 있지 않기에 태호를 때린 사실이 없다는 게 사실이다.

"게다가 인근 고등학교에 다니는 세형이란 애랑 몰려다니면서 애들 줘어팬다며!"

이번에는 운영 위원 중 한 명이 내게 물었다.

세형이 형은 이 동네에서 알아주는 일진이다. 우리 동네 중딩들도 다 아는 고딩 최고 싸움꾼이다.

중딩들 썰에 의하면 세형이 형이 껄렁한 인근 고딩 형들을 10 대 1로 싸워 이겼다는데 이건 믿거나 말거나다. 그런 세형이 형이 경준이를 통해 내게 제안을 해 왔다. 자기가 있는 '존잘쌈(존나 잘생기고 쌈 잘하는)' 모임에 들어오라는 거였다. 이유는 간단했다. 내가 우리 학교 가장 쌈 잘하는 아이라나 뭐라나. 어쨌든 난 딱 잘라 거절했다. 싸움은 하고 싶을 때 하는 거지 누구랑 몰려다니며 이유 없이 하는 건 아니라는 나름의 철학 때문이다. 게다가 난 못생겼다.

"너 같은 새끼가 어쩌다 세형이 형 눈에 들었는지는 몰라도 난 너 들어오면 세형이 형이고 뭐고 가만 안 둬."

경준이가 가래침을 퉤 뱉으며 획 돌아섰다. 그러면서 작게 한숨을 내쉬었다. 불행히도 그걸 내가 봤다. 생각해 보니 경준이 입장이 충분히 이해된다. 내가 그 모임에 들어가면 경준이 존재감이 적어질 테고 그러면 세형이 형 오른팔 자리를 나에게 빼앗길지도 모르는 일이다. 그렇다고 세형이 형 말을 거역하고 내게 전하지도 않을 수 없었을 거다. 한편으론 내가 제안을 받아들일까봐 얼마나 전전긍긍했을까.

다음 날 경준이가 신이 나서 나를 찾았다.

"너 이제 좆됐다. 세형이 형이 너 가만 안 둔 댄다. 어쩌냐? 죽사발 같은 얼굴에 곰팡이 필 일만 남을걸."

죽사발에 곰팡이 피도록 맞는 상상을 하며 달려왔을 경준이를 생각하니 씁쓸했다. 하지만 태연하게 그러든지 말든지로 응대했다.

결론부터 말하자면, 나는 존잘썸 모임 회원이 아니니 몰려다니며 누굴 팰 일도 없고 그런 사실도 없다. 그러니 방금 운영 위원이 내게 한 질문은 사실이 아니다. 내가 세형이 형에게 부탁해서 경준이를 때려 달랄 이유도 없다. 경준이를 때리고 싶으면 내가 하면 된다. 누구처럼 비겁한 건 딱 질색이니까.

"날 때리겠다고 협박한 건 세형이 형이지 제가 아니라고요. 뭘 제대로 아시고 말하세요."

내 건방진 말투 때문이었는지 운영 위원 얼굴이 붉으락푸르락했다.

"그럼 참고인으로 세형이라는 애도 데려왔어야 하는 거 아닌가요?"

경준이 엄마가 세형이 형 소환을 주장했다. 경준이가 잔뜩 겁에 질린 표정을 지었다.

"그건 제가 따로 알아보겠습니다."

담임이 교장 선생님 눈치를 보며 말했다. 경준이가 다행이라는 듯 한숨을 내쉬었다. 미꾸라지 같은 새끼.

엄마는 그때까지 한마디 말도 안 했다. 진짜 죄인을 둔 어머니처럼 입을 꾹 다물고만 있었다. 심지어는 빨리 자리를 뜨고 싶은지 자꾸 벽시계를 흘끔거렸다. 엄마가 날 두둔해 줄 거란 기대는 한 번도 한 적 없다. 엄마는 오늘 아침에도 지은 죄가 있으면 합당한 벌을 받아야 한다며 감정 없는 사람처럼 말했다. 엄마 말에 토를 달 생각은 없다. 벌을 받지 않겠다고 한 적도 없고 그럴 생각도 없다. 그저 있지도 않은 사실을 말하며 나를 범죄자로 몰아세우는 사람들 앞에서 '우리 애는 그럴 애가 절대 아니에요. 당신 아들들 단속이나 잘하시지!'란 허울 좋은 악다구니라도 해 주면 얼마나 좋을까. 경준이나 태호 엄마처럼 평범한 엄마다운 모습을 보여 주는 게 그렇게 힘이 드는 걸까?

2시간 넘게 이어진 학폭위에서 태호 엄마는 태호가 평소에도 나 때문에 학교생활이 힘들다고 했다며 꼭 벌을 내려 달라고 했다. 경준이 엄마도 경준이가 여리고 마음이 따뜻한 아이라는 걸 강조하며 오히려 내가 무서워서 학교도 안 가겠다고 한다며 눈물을 찍어 냈다. 진실이 드러났음에도 위원들은 변함없이 악취가 진동하는 쓰레기를 보듯 나에게 인상을 썼다.

결론은 간단하다. 내가 아니라고 떠들어 봤자 가해자가 법망을 요리조리 피해 가기 위해 끊임없이 변명하는 것으로밖에 보이지 않는다. 다음 주에 강제 전학을 명받거나 사회봉사 명령을 받을 게 분명하다. 차라리 강제 전학이면 좋겠다. 아니 강제 전학이어야 한다. 나는 진심 전학 가고 싶다. 이왕이면 이모가 있는 서울이면 좋겠다. 이모만큼 날 이해해 주는 사람도 없으니 말이다.

학폭위가 끝나고 교실로 돌아왔다. 수업 중이라 조용히 자리에 앉는데 창가 자리에 앉아 있던 보늬가 나를 홱 돌아봤다. '뭘 봐!' 하며 눈을 희번덕거리며 시선을 쫓아내려 했지만 소용없었다. 작정이라도 한 사람처럼 나를 뚫어져라 봤다.

보늬는 전교생이 알아주는 예쁜 애다. 그래서 어딜 가든 시선을 사로잡는다. 교문을 나서는 순간 수많은 사람의 시선이 보늬에게 향한다. 공부는 그저 그렇고 성격도 그저 그런. 자칫하면 아무런 특징도 없을 아이가 얼굴 하나로 모든 이의 관심을 받게 되는 건 축복이자 행운인 셈이다. 그렇다고 내가 보늬에게 관심이 있다는 얘기는 아니다. 보늬 같은 스타일은 딱 질색이다. 뜨뜻미지근한 성격이 영 마음에 안 찬다.

지난번 같은 모둠일 때였다. 보늬네 집에서 교내 신문을 만들기로 했는데, 갔더니 나 말고는 아무도 없었다. 애들은 왜 안 왔냐니까 다들 바빠서 못 온다고 해서 자기가 나랑 다 하겠다고 했단다. 어이가 없어서 화를 냈더니 찔찔 짜고 운다. 화를 내면 냈지 울고 짜는 애는 내 스타일 아니다. 울고 짜는 사람은 엄마 하나로 족하다. 온종일 이불로 들어가 시체처럼 누워 있는 것도 모자라 몰래 훌쩍거리는 건 엄마 하나면 된다는 뜻이다. 그날 여섯 명이 할 몫의 숙제를 보늬와 해치우느라 황금 같은 일요일을 모두 바쳐야 했다. 그날따라 PC방 체험을 권유하는 승규의 문자는 왜 그리도 끊임없이 날아오는지. 여하튼 그날 이후로 보늬가 날 저런 눈으로 보는데 아주 죽을 맛이다. 보늬를 좋아하는 남자애(특히 경준)들이 내게 눈총을 쏠 때는 더더욱.

고개를 홱 돌려 책을 세웠다. 다행히 보늬가 몸을 돌려 앉았다. 재수 없게 오늘따라 신경 쓰게 하는 사람이 너무 많다.

2

"용돈 줘!"

엄마가 옷을 입다 말고 돌아봤다.

"무슨 용돈?"

"지난달 용돈 안 줬잖아. 이번 달도 벌써 3일이나 지났다고."

"그래! 이상하다 분명히 지난달도 주고 3일 전에도 준 거 같은데?"

엄마가 가방을 열었다. 가방 안은 물건이 뒤섞여 엉망이었다. 엄마는 가방 안을 한 손으로 휘젓더니 뭔가 생각난 듯 나를 쳐다봤다.

"어쩌니! 지갑 사무실에 두고 온 거 같아."

엄마는 늘 있는 일이어서 놀라지도 않았다.

"뭐라고! 또야?"

엄마는 항상 이런 식이다. 건망증인지 아니면 기억 상실인지는 알 수 없지만, 잃어버리거나 놓고 오는 물건이 허다했다.

"집에 돈 없어?"

"없어. 엄마가 저녁에 줄게. 하루만 참아."

엄마는 가방 지퍼를 닫고 시계를 힐끗 보고는 서둘러 안방을 나갔다. 나는 짙은 카키색 커튼 때문에 빛 한 줌 안 들어오는 거실을 지나쳐 현관 앞까지 쫓아 나갔다. 엄마의 눈은 어지러이 놓인 신발들 사이에서 한참을 헤매다 곧 검은색 구두에 발을 끼워 맞췄다. 높은 구두를 신고 나가는 엄마가 어린아이처럼 불안해 보였다. 편한 신발 신고 가라고 하려다 말았다. 괜한 관심이 자칫 오해를 불러일으키기 때문이다.

문이 쾅 닫히자, 다 늙어빠진 부엉이 시계가 8시를 알렸다.

"에이씨! 집에 돈도 없어."

벽을 뒷발로 차고서 화장실로 갔다. 제멋대로 뻗은 머리카락 사이로 초점 없는 두 눈이 나를 쳐다봤다. 두 눈은 말한다. 네가 진짜 원하는 게 뭐냐고. 학폭위의 선처냐? 진실 규명하고 경준이를 때린 합당한 벌을 받는 거냐? 아니! 원하는 게 뭐긴. 지금은 용돈뿐이야. 마음이 불안하고 허할 때는 주머니에 돈이라도 내 빈

곤을 채워 줘야 안심이 된다.

순간 번뜩하고 기막힌 생각이 났다. 세수를 초스피드로 끝내고 옷을 갈아입고 가방을 챙겨 거실로 나왔다. 그리고 아무도 없지만, 양심상 주위를 둘러본 뒤 엄마 방으로 갔다. 침대 머리맡에 놓인 핑크 돼지가 눈에 확 띄었다. 녀석은 앞으로 벌어질 미래도 모른 채 배시시 웃고 있었다.

나는 가차 없이 저금통 코를 딱 소리 나게 돌렸다. 저금통 안은 꼬깃꼬깃 접어진 지폐들과 동전으로 가득했다.

"흐흐흐! 이가 없으면 잇몸으로."

돼지 저금통 엉덩이를 잡고 흔들어 침대 위로 돈을 쏟았다. 생각보다 지폐가 많았다. 그냥 대충 집어넣었는지 천 원짜리들이 뭉치로 접어져 있기도 하고 만 원짜리도 심심치 않게 나왔다. 나는 티 나지 않게 만 원 한 장과 천 원 두 장, 동전을 한 움큼 쥐어 주머니에 넣었다. 다시 저금통 몸속으로 돈을 넣고는 아무 일 없었다는 듯 제자리에 올려 두었다. 돼지 저금통이 아까보다 훨씬 날씬해 보였다.

주머니가 묵직해서인지 아침밥을 걸렀는데도 든든했다. 콧노래를 부르며 집을 나와 시장통을 가로질렀다. 우리 동네에는 남문시장이라 불리는 제법 큰 시장이 있는데 안 파는 물건 말고는 다 있다. 매주 금요일과 토요일은 야시장이 열리는데 상인회에서 허

가받은 상인들이 작은 이동판매대를 놓고 장사한다. 파는 음식이 독특한데다 주변 한옥 마을과 연계된 야시장이라서 그런지 주말은 발 디딜 틈이 없다.

그러나 사실 내게는 다른 이유로 이 시장이 좋다. 극도로 우울한 감정이 바닥을 기어 다니는 날에 이곳에 오면 조금 살맛이 나기 때문이다. 물건을 파는 사람과 사는 사람 사이에 오가는 대화는 날 것 그대로인데다가 그들 사이의 미묘한 가격 싸움이 아주 볼 만하다. 마치 수면 위로 팔딱 뛰어오르는 물고기 같은 생동감 같은 걸 느낄 수 있다.

셔터가 굳게 닫힌 상점들을 지나쳐 큰길로 나왔다. 큰길에서 왼쪽으로는 학교 가는 길, 오른쪽은 시내, 직진하면 그 유명한 전주 한옥 마을이 나온다. 이른 아침이라 한옥 마을 거리는 한산했다. 풍남문을 지나 전주천 방향으로 가는데 저만치 승규가 보였다. 쇼윈도 앞에 서서 꼬리빗으로 머리를 빗던 승규가 나를 보고는 손을 흔들었다.

세 달 전이었다. 태호 배신에 나름 큰 충격을 받은 터라 누가 접근하는 것조차 꺼려지던 때였다. 무언가에 집중하지 않으면 안 되었다. 나는 방과 후에 PC방을 내 집 드나들 듯 드나들었다. 어느 날, 정신없이 키보드를 두드리며 게임에 열중하는데 누가 내 어깨를 툭툭 건드렸다.

"뭐야. 씨팔!"

우리 팀 본진이 상대에게 털리는 중인지라 욕이 먼저 튀어나왔다.

"와! 존나 못해!"

못한다는 소리에 그제야 고개를 돌렸다. 승규였다. PC방 조명 탓인지 녀석은 빨갛게 익은 사과에 바나나를 짓이겨 놓은 면상을 들이대며 삐죽삐죽 웃었다. 교실에서는 있는 듯 없는 듯 태초부터 존재감이 없던 녀석이었다.

"꺼져라!"

높고 새된 목소리로 승규에게 경고를 날렸다. 내가 어떤 인물인지는 같은 반이라서 누구보다 잘 알 터이니 말귀를 금방 알아듣겠거니 했다. 그런데 느닷없이 내 의자를 툭 밀더니 내 자리를 차지했다.

"이 새끼가……."

나는 승규 뒤통수를 치려다 말고 모니터와 승규를 번갈아 쳐다봤다. 그건 신의 플레이였다. 승규는 현란한 플레이로 순식간에 본진을 되찾는 쾌거를 보였다. 게임 팀원들이 댓글에 내 칭찬을 아낌없이 날렸다.

"웬만하면 가려고 했는데 너희 팀이 영 불안 불안해서 말이지."

승규는 교정기 찬 이를 보이며 유유히 PC방을 빠져나갔다. 나는 단번에 녀석의 미소에 매료되고 말았다. 알고 보니 집도 가까웠다. 그날 이후로 우리는 등하교 친구가 됐다.

"좀 떨어져!"

승규가 찰싹 달라붙었다. 누가 들러붙는 건 딱 질색이다.

"아차차. 깜빡했다."

승규는 내 타박에도 뭐가 좋은지 헬렐레다. 가볍기가 하늘에 뜬구름이나 헬륨 가스를 뛰어넘는다. 녀석은 한시도 가만 안 있고 몸을 까불대거나 입을 나불댄다. 항상 우울한 내게 승규는 종일 틀어 놓고 보는 개그 프로나 마찬가지다.

"오늘 학폭위 결정 나는데 긴장 안 돼?"

오늘이 그날이다. 내 운명이 결정 나는 날. 엄마는 알고 있었나? 아니 알 리가 없다. 잃어버린 지갑처럼 말이다.

"어떻게든 되겠지."

"너 강전당하면 어떻게 하냐?"

승규가 걱정 어린 표정을 지었다.

"될 대로 되라지."

"세형이 형이 경준이를 사주했든 안 했든, 네가 경준이 입술이 찢어지고 이가 흔들릴 정도로 때린 건 사실이잖아. 우리 엄마가 그러는데, 협박보다 폭력이 더 나쁜 거라 벌이 클 거래."

"이 새끼. 그걸 엄마한테 얘기했어?"

나도 모르게 승규 멱살을 잡았다. 승규 얼굴이 단박에 빨개졌다. 심지어 팔다리를 버둥거렸다. 하여튼 이 자식은 조금만 윽박질러도 손가락에 눌린 개미처럼 버둥거린다. 지나가는 할머니, 할아버지들이 우리 쪽을 보며 혀를 찼다. 승규 멱살을 슬그머니 놓고 고개를 숙였다.

"됐다. 네가 뭔 죄냐."

승규가 캑캑거리며 숨을 토해냈다. 약해 빠진 녀석. 말만 많은 녀석들은 이래서 믿을 게 못 된다.

"내가 얘기한 게 아니라 학교에 소문이 파다해서 엄마도 다 알아."

승규 엄마는 내가 승규랑 친한 걸 못마땅해한다. 얌전했던 승규가 나랑 친하면서부터 부쩍 까불고 말도 험하게 한다나 뭐라나. 승규 엄마랑 우리 엄마랑 같은 성당에 다니는데, 미사 볼 때 승규 엄마가 슬쩍 우리 엄마 옆자리로 와서 내 얘기를 꺼내 불편한 기색을 드러낸다고 했다. 그런 날이면 엄마는 더 우울해했다.

학교에 도착하자마자 담임이 날 불렀다. 담임은 어울리지 않게 노란 후드티에 청바지 차림이다. 자기가 대학생인 줄 아나 보다.

"거기 앉아."

연구실에는 나와 선생님 단둘뿐이었다.

“왜? 너 잡아먹을까 봐 그러냐?”

안 앉고 서 있으니까 선생님이 볼멘소리했다. 안다. 담임이 나를 배려하느라 선생님들을 연구실에서 다 쫓아냈다는 걸. 그런데 이상하게 안 고맙다. 어차피 모두 나를 나쁜 놈으로 아는데 굳이 이런 수고를 할 필요가 있을까 싶다.

“저 이제 어떻게 되는 거예요?”

질질 끄는 게 싫어 먼저 물었다. 담임이 보던 서류철을 탁 덮었다.

“어떻게 됐으면 좋겠냐?”

마음 같아서는 강전당하고 싶다고 말하고 싶은데 차마 입이 안 떨어졌다.

“우선 이틀간은 학교 못 나와.”

“잘됐네요.”

“단우야!”

담임이 눈썹을 추켜세웠다. 잠깐 침묵이 흘렀다.

“봉사와 심리 상담 치료를 하게 될 거야. 엄마와 함께.”

“엄마는 왜요?”

발끈했다. 잘못은 내가 했는데 왜 엄마까지 끌어들이는 건지 말이다.

"그게 원래 그렇게 하게 되어 있어."

담임답지 않게 두루뭉술한 대답이다.

"다행히 강제 전학은 하지 않는 거로 결정이 났단다. 대신 경준이와 태호에게 접근은 할 수 없어. 특히 경준이하고 부딪히지 않도록 신경 쓰고."

계획 실패다. 강전이 아니라면 뭐가 되었던 의미 없다. 나는 커피포트가 놓인 선반으로 가는 선생님 등에 대고 눈총을 쏘았다.

"교장 선생님이 경준이 엄마를 설득했어. 강제 전학은 안 된다고."

담임이 커피포트 버튼을 탁 하고 눌렀다.

일이 꼬이고 말았다. 경준이를 반은 죽여 놓았어야 했는데. 그랬으면 강제 전학이 결정 났을 테고 그럼 이모가 사는 서울로 전학을 갈 수 있었다.

"그거 안 하면요?"

물 끓는 소리와 함께 선생님이 뒤로 돌았다.

"지금 강전 안 돼서 불만인 거야?"

담임의 숱검정이 눈썹이 꿈틀거렸다.

"네!"

"너 대체 왜 이러는 거냐?"

선생님이 성큼성큼 다가와 내 어깨에 손을 올렸다. 정말 날 이해 못 하겠는지 손에 힘을 줬다. 나도 나를 모르겠는데 담임이라고 알 리가 있을까. 물이 다 끓었다는 신호가 나자 그제야 선생님이 어깨에서 손을 내렸다. 커피를 휘젓는 숟가락 소리에 섞여 가끔 한숨 소리가 들리는 듯했다.

"교실로 돌아가. 그리고 다시 말하지만 난 너 포기 안 해. 너도 너 자신을 포기하지 마. 이건 지나가는 바람이야."

담임은 빨리 꺼지라는 듯 오른손을 저었다. 유치한 대사였지만 따져 묻지 않고 연구실을 나왔다. 수업 종은 친지 오래고 복도는 휑했다.

교실 문을 열자마자 아이들 눈동자가 한꺼번에 내게로 꽂혔다. 한심하게 보는 눈, 심드렁하게 보는 눈, 아무 생각 없이 보는 눈. 그중에서 보늬 눈과 마주쳤다. 화가 잔뜩 난 눈이었다.

온종일 있는 듯 없는 듯 앉아 있었다. 쉬는 시간이면 엎드려 잠을 자고 수업이 시작되면 낙서와 넋 놓기로 시간을 보냈다. 그랬더니 정말이지 아무도 내게 관심을 쏟지 않았다. 승규마저도 나를 내버려 두었다. 아무래도 녀석은 내 기분을 알고 거리를 두는 것이다.

점심을 먹고 교문 쪽으로 걸어갔다. 교문 입구에는 화단이 있는데 노벨 평화상 수상자들 흉상이 세워져 있다. 그분들 이름을 하나하나 읊었다. 김대중, 마더 테레사, 마틴 루서 킹, 그리고 평화를 상징하는 비둘기까지. 비둘기가 우리 학교 상징 동물인 걸 보면 강 같은 평화가 넘치는 학교가 분명하다.

우리 학교는 학년별로 두 학급뿐이다. 시골 학교도 아닌 도시 학교가 한 학년에 두 학급이라니. 초등학교와 붙어 있어서인지 중딩이 초딩처럼 논다. 게다가 세 학년을 합쳐도 여섯 학급밖에 되지 않아 무슨 일이 생기면 전교생이 싹 다 안다. 좌우지간 여러모로 마음에 안 드는 학교임이 틀림없다.

교문 앞으로 한 발을 뻗어 보았다. 그리고 얼른 주위를 살펴보았다. 다행히 나를 주시하는 눈은 보이지 않았다. 다만 왁자지껄 떠드는 소리가 꼭 나를 두고 '선생님 재 학탈해요.' 하고 고자질하는 것처럼 들렸다.

일러바치려면 바치라지.

한 가지 마음에 걸리는 게 있다면 담임이다. 담임은 문제를 일으킨 학생에게 '논어 필사'라는 중노동을 시킨다. 솔직히 매는 안 무서운데 필사는 무섭다. 꼼짝하지 않고 강제로 뭘 한다는 건 고통이다. 하지만 지금 그런 걱정 따위는 미뤄 두고 싶다. 당장 학교를 나가지 않으면 지금 정신 상태로 나도 내가 무슨 짓을 저지를지 모를 것 같다.

교문을 박차고 밖으로 나왔다. 학탈로 얻은 자유는 공기 냄새마저도 달랐다. 남의 눈에 띄지 않기 위해 전주천변 길을 택했다.

전주천은 양쪽으로 산책로가 조성되어 있는데, 가을에는 억새가 자라 장관을 이룬다. 하얀 머리털 같은 억새들이 바람에 이리저리 흔들리는 걸 볼 때면 꼭 곱슬머리 아이의 머리카락 같아 쓰다듬어 주고 싶기도 하다.

천변을 달렸다. 오목교를 건너 한벽루에 가려다 전주향교 쪽으로 발길을 돌렸다. 천변에 늘어선 오모가리탕 전문식당들에 손님이 많아서다. 이 식당들은 길가 평상에서 손님을 받아서 이 길을 지나면 좋든 싫든 밥 먹는 사람들과 마주쳐야 하기 때문이다. 향교에도 사람은 많았다. 향교 안은 은행잎이 노란 장판처럼 깔려 있었다. 향교 명륜당 마루에 잠깐 앉아 있다 보니 노곤하게 잠이 쏟아졌다. 누울까 하다가 관리인에게 개인 정보를 털려 학교에 전화가 가는 불상사를 막기 위해 졸음을 털어 내고 향교를 빠져나왔다.

한옥 마을은 무엇보다 골목길이 단연 으뜸이다. 골목 어디로 들어서나 막히는 길 없이 모든 길로 다 통하기 때문이다. 이곳에 온 처음에는 좁은 골목을 들어서자마자 숨이 막혀 한달음에 뛰어나갈 궁리만 했다. 그런데 몇 번을 다시 와 보니 담장 너머로 보이는 푸른 정원과 아기자기한 공방들, 오래된 가정집 담벼락을 끼고 돌면 나오는 이색 공간들이 내 발걸음을 잡아끌었다. 골목은 그렇게 내 산책로가 되었고, 꽉 막힌 좁은 길이 아닌 어디로든

통하는 자유의 길이라는 걸 느끼게 했다.

굽이굽이 골목을 따라 걷다가 큰길로 나왔다. 점심이 조금 지난 시간이라 거리는 관광객으로 넘실댔다. 다들 여행이라는 공통분모 속에서 행복해 보였다. 불행이란 놈은 내 옆구리에만 들러붙었는지 떠나지 않았다.

거리 양쪽으로 늘어선 먹거리들이 코를 저절로 벌름거리게 했다. 가래떡꼬치, 문꼬치, 고구마칩, 딸기찹쌀떡, 꽈배기, 수제만두, 화덕호떡, 땅콩버터츄러스, 바게트버거, 센베, 지팡이 아이스크림 U크, 촌놈완자, 치즈요거트, 한옥호두과자, 회오리감자, 흑임자팥빙수 등 달짝지근한 냄새와 소리로 유혹하는 각양각색 군것질거리들. 점심 먹은 게 벌써 꺼졌는지 배에서 꼬르륵 요동을 쳤다.

먹거리의 유혹을 떨쳐 내고 가까스로 경기전 앞까지 갔다. 경기전은 조선 첫 왕인 태조 이성계의 어진과 조선왕조실록을 보관했던 전주사고가 있는 곳이다. 입구에 놓인 하마비에 꾸벅 인사를 하고 해치 두 마리의 머리를 공평하게 쓰다듬어 주었다. 내 손길을 느꼈는지 해치들 입가가 조금 올라간 느낌이다.

경기전에서 전동 성당 방향으로 걸음을 옮겼다. 마침 성당 앞으로 버스 한 대가 서더니 사람들이 우르르 내렸다. 사람들을 방패 삼아 성당 앞을 지나치는 순간이었다.

"단우야!"

걸걸한 남자 목소리다. 누굴까? 돌아보지 말고 이대로 내뺄까? 아냐. 이럴 때일수록 태연해야 한다.

나를 부른 건 흡사 두꺼비 같은 풍채를 가진 승환 아저씨였다. 아저씨를 보는 순간 긴장이 확 풀렸다.

“이 시간에 어딜 가는 거니? 지금 학교에 있을 시간 아니냐?”

아저씨가 턱에 난 검은 수염을 쓸며 눈을 가늘게 떴다. 이 아저씨로 말할 것 같으면, 나이만 마흔이지 정신 연령은 거의 내 수준이다. 우리가 섭렵한 최신 게임은 죄다 할 줄 아는 데다 레벨도 탑을 찍는다. 거기다 여자아이돌 그룹 ‘지구 소녀’의 광팬이기도 하다. 어느 정도냐면 우리 반 유빈이가 서울에서 하는 ‘지구 소녀’ 콘서트를 가서 만난 사람이 승환 아저씨다. 아저씨가 야광 머리띠에 야광 봉을 흔드는 걸 유빈이가 사진까지 찍어 성당 게시판에 붙여 놓은 정도면 말 다 한 거 아닌가.

“담임 심부름 가는데요!”

“심부름하러 갔다가는 게 아니라 가는 길이라고?”

시계를 보는 걸 보니 나름 추리를 한 모양이다. 이럴 때일수록 정신을 똑바로 차려야 한다.

“네! 가는 길요.”

“거짓말 아니지?”

“당연히 아니죠. 그러는 아저씨는 일할 시간에 여기서 뭐 하세요?"

날 당혹스럽게 한 죄로 아저씨께 은근히 딴지를 걸었다.

"헤헤! 햇빛 한 줌 안 드는 사무실에 있기는 너무 좋은 날씨잖아. 사람 구경도 하고 바람도 맞고……."

아뿔싸! 바람이라. 이 인간은 바람 얘기가 나오면, 그 뒤로 줄줄이 시를 읊고 노래를 흥얼거린다. 잘한다고 부추기면 이렇게 사람 많은 곳에서 춤도 출 인간이다. 이 귀한 학탈의 시간을 저런 인간에게 저당 잡혀서는 더더욱 안 될 일.

"아저씨, 저 시간이 늦어서요."

급한 척 돌아서는데 풍남문 사거리 광장에서 풍물패 소리가 들렸다. 광장 쪽을 보니 설치된 무대 위에 커다란 현수막이 나풀거렸다.

초록바위 진혼제

"초록바위 진혼제? 진혼제가 뭐지?"

혼잣말하는데 아저씨가 내 옆에 조용히 와 섰다.

"진혼제란 혼을 불러내 달래 주는 의식을 말하지."

"어떤 사람의 혼을요?"

"저기 쓰여 있잖니. 초록바위에서 죽은 영혼을 위한 진혼제라고."

초록바위? 나도 모르게 주위를 둘러보게 됐다. 어디에도 초록바위로 보이는 형체는 없었다. 자세히 보니 광장 안쪽으로 무대가 설치되었고, 그 위에서 사물놀이패와 전통 악기 연주자들이 공연했다. 꽹과리, 징, 북, 장구 소리가 도시의 소음을 다 빨아들였는지 아주 생생하게 들렸다.

그들은 머리를 흔들며 혼신을 다해 연주했다. 정말이지 혼을 불러들일 것처럼 신들린 듯한 연주였다. 나는 어느새 무대 쪽으로 가 있었고, 그들의 몸짓과 어깨 짓에 넋을 빼놓았다. 악공들의 점점 더 빨라지는 손놀림에 연주는 절정에 치달았다. 마치 이곳으로 억울하게 죽은 혼들이 몰려드는 기분에 휩싸였다. 무대 위에 붙은 현수막이 푸덕푸덕 소리를 내며 흔들렸다. 그들이 왔다고 신호를 보내는 건지도 모른다. 두 팔로 몸을 감싸며 온몸을 떨어야 했다. 그리고 막바지로 치닫는 연주에 귀를 기울였다.

"오늘은 도처에 귀신들이 있겠구나. 죽은 자들은 말이 없지만, 그들이 남긴 흔적이 있으니 억울한 일도 하고 싶은 말도 우리가 가만히 귀 기울이면 들리지 않겠니? 혹여 그런 영혼을 만나거든 그의 이야기에 귀를 기울이거라. 들어 주는 것만으로도 영혼이 편안히 쉴 수 있겠지."

아저씨답지 않은 진지함에 놀라 쳐다보는데 어느새 성당 안으로 바람같이 사라졌다.

되도록 빨리 이곳에서 벗어나고 싶었다. 혼에 뒷덜미를 잡힐 두려움 때문만은 아니었다. 팔목에 찬 묵주가 손목을 꽉 죄어 왔기 때문이다.

3

천변 둔덕에 놓인 돌무더기에 앉았다. 한참을 앉아 있자니 뛰어오느라 거칠어진 숨이 조금씩 잦아들었다. 하얗게 꽃을 피운 억새들은 바람에 부대끼며 '차르르 차르르' 소리를 냈다. 손깍지를 끼고 바닥에 길게 누웠다. 하늘에 구름 세 점이 동동 떠다녔다.

잠깐 눈을 감는데 핸드폰이 울렸다. '담탱이'였다. 핸드폰을 무음으로 돌려놓고 풀 위에 던져 놓았다. 학폭위에서 출석 정지를 받은 주제에 이제 학탈까지 했으니 강제 전학이라는 꿈이 이루어질지 모른다. 정말이지 그러길 바란다. 잠시라도 엄마에게서 벗어날 수만 있다면 말이다. 천천히 흐르는 강줄기가 엄마를 보는 듯했다. 답답하리만치 느리고 바닥을 알 수 없는 불투명이 닮아 싫었다.

바닥이 차가워서인지 한기가 느껴졌다. 안 되겠다 싶어 벌떡 일어나 앉았다. 이내 건너편 산이 눈에 들어왔다. 산사태를 막기 위해 콘크리트 구조물이 덮인 흔하디흔한 그저 그런 낮고 볼품없는 산이었다. 산을 보고 있자니 가슴이 도로 답답해져 얼른 시선을 돌리는데 문득 산꼭대기에 흰옷을 입은 사람이 눈에 들어왔다. 거리가 멀진 않지만 그렇다고 얼굴을 알아볼 수 있을 만큼 가깝지도 않았다. 여자인지 남자인지 내 또래인지 어른인지도 알 수 없었다. 이상한 건 그가 마치 나를 보고 있는 것 같은 묘한 기분이 든다는 거다.

산꼭대기에 있는 사람은 자취를 감추었다. 그런데도 묘한 기분은 쉽게 사라지지 않았다. 찝찝한 기분을 털어내듯 엉덩이를 털고 일어섰다. 동시에 핸드폰 화면이 밝아졌다. 아니나 다를까 또 담임 문자다.

—너 지금 어디야? 감히 학탈을 해!

담임의 쩌렁쩌렁한 목소리가 메시지를 타고 들리는 듯했다. 나는 간단히 무시했다. 담임 문자에 일일이 답하는 건 문제아다운 태도가 아니니까.

천변을 따라 걷다가 좁고 낮은 돌다리를 건넜다. 그 짧은 돌다리를 건너는 사이에도 전화와 문자가 쉴 새 없이 왔다. 담임도 참

끈질기다. 젊어서 그런 건지 포기를 모르는 성격 때문인지.

—10분 안에 들어오면 학탈에 대해서는 눈 감아 주겠다.

—너 정말 이러기야?

이쯤이면 포기할 때가 되지 않았나 싶을 때, 누군가가 다가오는 소리에 뒤를 돌아봤다. 개를 안은 아줌마였다. 털이 동그스름하니 깎인 개는 새끼 곰처럼 아주 귀여웠다.

"안 건널 거니?"

"아 아니요."

쫓기듯 돌다리를 건넜다. 아줌마는 다리를 건너자마자 개를 바닥에 내려놓았다. 얌전해 보이던 개는 발이 땅에 닿자 경찰견처럼 땅에 코를 박은 채 킁킁댔다.

개와 아줌마를 뒤로한 채 천변 둑을 타고 도로변으로 올라섰다. 거기서 산을 올려다봤다. 가파른 산비탈을 보고 있자니 머리가 어지러웠다. 머리를 흔들고 차가 없는 틈을 타 도로를 건넜다. 건너고 보니 오른쪽은 학교로 가는 길이었다. 그쪽으로 가고 싶지 않아 왼쪽으로 방향을 틀었다. 조금 걷다 보니 도로가에 이정표가 보였다. 산으로 올라가는 길을 안내하는 이정표다.

정말이지 산에 올라가고 싶은 마음은 손톱만큼도 없었다. 그런데 마치 자석에 끌려가는 쇳가루처럼 발길이 이정표를 따라갔다. 길을 꺾어 들어가니 산으로 올라가는 입구가 보였다. 계단 옆 작은 나무 팻말에 '곤지산'이라는 명칭이 새겨져 있었다. 학교 옆에 있는 산 이름을 오늘에야 알게 되다니. 전학 온 지 1년이 안 됐고 그다지 관심도 없었다. 물론 그런 이유가 아니더라도 산은 절대 오르지 않았겠지만 말이다.

팻말에는 곤지산을 다른 말로 '초록바위'라고도 했다. 아까 승환 아저씨가 말한 초록바위가 이곳이라니. 팻말에 쓰인 글을 꼼꼼히 읽어 보니, 조선 시대 때 수많은 천주교 신자가 처형된 곳이란다. 처형 터였다면 사람을 죽였던 장소라는 뜻! 온몸에 소름이 돋았다. 겁을 내니까 산에서 들리는 바람 소리도 처형 터에서 죽어 간 사람들의 울음소리처럼 음산하게 들렸다.

문자는 쉴 틈 없이 왔다. 이번에는 엄마 문자도 왔다. 담임이 엄마한테 말을 했나 보다. 하여튼 의리 제로다. 지난번에는 나한테 엄마가 아시면 걱정하시니 되도록 담임 선에서 끝내겠다고 해 놓고선. 이렇게 된 거 될 대로 되라는 심정으로 핸드폰을 끄고 계단을 올랐다. 야트막한 산이라 계단은 오르기 쉬웠다. 산에 오를수록 뒷골이 당기고 추위를 많이 타지 않는데도 살짝 찬 기운이 몸을 휘감았다.

산꼭대기는 예상과 달리 잘 닦인 넓은 공터였다. 공터에는 산비탈을 경계로 난간이 세워졌다. 주위를 살핀 뒤 난간으로 갔다. 거기 서서 아래를 빙 둘러봤다. 날씨가 맑아 멀리까지 보였다. 내가 뛰어왔던 길을 되짚어 보니, 멀리 전동 성당이 보이고 그 뒤로 경기전 뜰이 보였다. 다시 고개를 돌려 학교 쪽을 봤다. 건물에 가려 학교는 안 보였다. 지금쯤은 미술 시간일 테다. 미술은 내가 가장 좋아하는 수업 중 하나다. 그나마 날 인간 취급해 주는 미술 선생님 수업에 학탈을 했으니, 이제 학교에서 나를 곱게 봐주는 선생님은 단 하나도 남지 않은 거다.

씁쓸하지만 괜찮다. 인생 별거 없다. 자기 멋대로 살다가 가는 거지. 이렇게 말하면 대부분은 이렇게 응대한다. 부모님을 생각하라고. 우리 부모님이야말로 멋대로 삶을 추구하는 신념이 투철한 사람들이다. 아빠는 가족을 버리고 자기 목숨을 멋대로 내던졌고, 엄마는 우울증에 빠져 하나밖에 없는 자식은 안중에도 없으니 말이다. 이런 부모 밑에서 자란 내가 얼마만큼 괜찮은 인간이길 바라는 걸까? 부모님께 배운 게 하나 있다면, 그건 바로 내멋대로 사는 거다.

눈길은 다시 강줄기를 따라갔다. 높은 곳에서 내려다본 전주천은 개울물처럼 초라했다. 그래도 가슴은 좀 트였다. 사실 난 산을 싫어한다. 그건 순전히 아빠 탓이다.

아빠는 3년 전 히말라야로 등반을 하러 갔다가 돌아오지 않았다. 산에서 실종이 되고 만 것이다. 아빠는 내가 태어나기 전부터 유명한 산악인이었다. 등산 잡지마다 아빠에 대한 기사가 수두룩

하니 말 다 한 거다. 엄마는 그 당시 잡지사 기자였는데 아빠를 인터뷰하다 눈이 맞아서 결혼했다. 아빠에게 등반은 일상이었고 위험도 그림자처럼 따라다녔다. 진짜인지 가짜인지 모르지만, 내가 태어나고 몇 년 동안은 위험한 등반은 하지 않았다고 했다.

하지만 나로 인한 인내는 오래가지 못했고, 아빠는 또다시 남들이 정복하지 않은 산을 꾸역꾸역 오르기 시작했다. 그러던 중 아빠와 같이 등반을 가게 된 젊은 산악인이 히말라야 다울라기리에서 실종되고 말았다. 아빠는 그를 찾는다고 남들보다 몇 달은 더 늦게 한국으로 돌아왔다. 공항에 들어서는 아빠를 하마터면 못 알아볼 뻔했다. 얼굴은 까맣다 못해 찢어지고 갈라져서 아주 흉했다. 눈은 퀭했고 살이 쪽 빠져 해골이 걸어 나오는 줄 알았다.

친한 동료가 죽었으니 다신 산에 간다는 말을 안 하겠지 했는데, 아빠는 결국 한 달을 못 버티고 다시 비행기에 몸을 실었다. 이제 막 결혼한 앞길이 구만리인 동료 시체라도 찾아야 한다며 말이다. 다들 말렸지만, 아빠는 누구의 말도 듣지 않았다. 심지어 나와 엄마 말까지도.

아빠는 결국 젊은 산악인처럼 실종이 됐고, 같이 갔던 아저씨들이 아빠를 찾느라 애를 썼다는데 빈손으로 돌아왔다. 아빠를 빼고 모두 무사했다. 아빠처럼 자기 목숨을 함부로 하지 않은 아저씨들이 고맙고 부러웠다. 그날 이후로 엄마는 웃음을 잃었다.

의욕도 잃고 회사도 관뒀다. 나는 이상하게 덤덤했다. 평소에도 아빠가 있는 날보다 없는 날이 더 많았으니까. 하지만 있는데 없는 것과 아예 없는 것은 차이가 컸다. 희망도 가질 수 없었고, 보고 싶다고 떼를 쓸 수도 없었다. 실체가 사라졌으니 말이다.

처음에는 괜찮았다. 아빠의 죽음이 내 삶에 큰 영향을 미치지 않을 거라고, 곧 괜찮아질 거로 생각했으니까. 그런데 아니었다. 생각하면 할수록 아빠의 죽음이 인정되지 않았고, 나를 두고 속닥거리는 아이들을 미워했다. 그때부터였나 보다. 기분이 꼴리면 친구들에게 툭 하고 주먹을 날렸고, 엄마는 학교에 자주 불려 왔다. 누구는 아빠가 없는 아이라서 버릇이 없다고 했고 누구는 날 불쌍하게 봤다. 전자는 몇 번을 들어도 좋은데, 후자는 듣기가 싫다. 불쌍하게 보는 건 딱 질색이니까.

엄마는 나와 죽은 아빠 때문에 점점 지쳐 갔다. 엄마는 매일 술을 마셨고, 아빠 사진을 안고 울었다 웃었다 욕을 퍼부었다. 엄마의 롤러코스터 같은 감정 변화 때문에 나는 이모와 함께 있는 시간이 늘었고, 어느새 엄마보다 이모에게 고민을 더 많이 털어놓게 되었다. 그랬던 이모가 갑작스러운 발령으로 중국으로 가 버렸다. 나는 아빠가 실종됐다고 했을 때보다 더 많이 울고 절망했다.

차라리 죽어 버리면 어떨까 생각하던 어느 날, 엄마가 느닷없이 이사를 제안했다. 아빠를 불쑥불쑥 떠올리게 하는 서울에 살기 싫단다. 엄마의 제안에 답답했던 머리와 가슴에 훈풍이 도는 듯했다. 새로운 삶을 시작할 수 있으리란 희망은 나와 엄마를 정상처럼 보이게 했다. 일사천리로 집과 직장을 얻어 전주로 이사를 왔다.

그러니까 이곳 전주는 내 고향이 아니다. 엄마도 중학교 때까지 살았다지만 아는 사람 하나 없는 동네이긴 나랑 마찬가지다. 아는 사람이 없다는 건 더는 아빠를 떠올리지 않아도 된다는 뜻이다. 엄마와 나는 한동안 아주 좋았다. 나는 아빠에 대해 아는 사람이 없어서 좋았고 엄마는 남들이 내가 말썽을 피우는 아이라는 걸 몰라서 좋았을 거다. 엄마는 잠도 잘 자고 우울증 약을 타러 병원에 다니는 날도 점점 줄었다. 이대로라면 우리 모두 예전으로 돌아갈 수 있을 것 같았다. 그러나 경준이가 우리 아빠 기사를 학교에 가지고 온 날부터 모든 것이 전보다 더 엉망이 되고 말았다. 엄마는 또다시 절망했고, 우울증 약을 타러 더 자주 병원에 가야 했다.

"야~~호!"

뜬금없이 소리를 질러 보았다. 질러 놓고 보니 눈치가 보여 주위를 살폈다. 그러다 나무 뒤로 보이는 희끗한 물체가 눈에 띄었다. 잘못 본 건가 싶어 눈을 비볐는데 아니었다. 희끗희끗한 물체는 나무 뒤에서 천천히 모습을 드러냈다.

그건 다름 아닌 내 또래 남자아이였다. 녀석은 겁에 질린 얼굴로 고개를 빠끔히 내밀었다. 녀석의 얼굴은 창백하다 못해 파리했다. 울었는지 눈가가 빨갛고, 머리는 감지 않아 헝클어진 데다 덥수룩했다.

"나무조 나무조!"

녀석이 나무 뒤에서 알아들을 수 없는 말을 하며 침을 꼴깍꼴깍 삼켰다.

"뭐라고?"

"모기마라 모기마라!"

모기라니. 며칠 있으면 겨울이 오는데, 좀 머리가 어떻게 된 앤가 싶어 계단 쪽으로 뒷걸음질 쳤다.

"모기마라 모기마라!"

녀석이 같은 말을 지껄이며 좀비처럼 내게 다가왔다. 몰골이 흉측해 더럭 겁이 났다.

"아씨! 저리 꺼져."

녀석을 발로 차는 시늉을 하고 재빨리 계단을 내려왔다. 녀석은 나를 놓치지 않을 기세로 뒤따라왔다. 그런데 신기한 건 녀석의 발소리가 들리지 않는다는 거다. 소름이 쫙 돋아서 계단을 내려가는 다리가 후들거렸다. 발소리가 안 들리니까 얼마만큼 뒤쫓아 오는지 알 수 없었다. 뒤를 돌아볼까도 싶었지만, 겁이 나서 관뒀다.

이상한 건 올라올 때는 분명 계단이 짧았는데, 내려갈 때는 가도 가도 끝이 안 보였다. 마치 귀신에게 홀린 듯. 나무를 흔들어 대는 바람 소리가 괴기스러웠다. 심장이 쿵쾅대고 식은땀이 났다.

"여기요! 여기 누구 없어요?"

나도 모르게 소리쳤다. 그때였다. 녀석이 몸을 휙 날려 내 앞을 가로막았다. 너무 놀란 나머지 나도 모르게 녀석에게 주먹을 날렸다. 얼굴을 맞고 녀석이 계단을 따라 굴렀다. 다행히 조금 구르다 계단참에서 멈췄다. 문제는 녀석이 널브러진 채로 꿈쩍하지를 않는다는 거다. 갑자기 머리털이 쭈뼛 섰다. 이렇게까지 할 마음이 없었는데 또다시 폭력을 쓰고 말았다. 나는 녀석의 몸뚱이를 훌쩍 뛰어넘어 계단을 미친 듯이 뛰어 내려왔다. 다행히 곧 계단 끝이 보였고, 있는 힘껏 학교를 향해 뛰었다.

4

학교는 모든 학년이 하교한 뒤라 조용했다. 비좁은 운동장에서 먼지를 일으키며 축구하는 아이들 외침을 제외하고는 찬바람 휘감기는 소리만 들렸다.

주머니에 손을 찔러 놓고 잰걸음으로 교실로 갔다. 다행히 담임은 없고 문은 열려 있었다. 가방만 슬쩍 가지고 나가려는데 담임이 기다렸다는 듯 교실 문을 열고 들어왔다.

"누구세요?"

담임이 열린 문에 등을 기댄 채로 나를 처음 보는 애처럼 쳐다봤다.

'젠장!'

"누구시냐고요?"

"가방만 가지고 갈게요."

뻔뻔하게 굴어야 덜 혼난다.

"그 가방 주인은 지금 학탈 중인데?"

담임은 날 그냥 보낼 생각이 없어 보였다. 하는 수 없이 가방을 내려놓고 담임 앞으로 갔다.

"내일부터 학교 안 나온다고 벌써 예행연습이냐? 대체 넌 뇌 구조가 어떻게 된 애냐?"

담임이 교탁 앞줄 책상에 걸터앉으며 팔짱을 꼈다. 저 포즈를 취하는 걸 보니 집에 빨리 가기는 글렀다. 저런 상태로 앉아 한 시간 넘게 설교한 적이 한두 번이 아니기 때문이다.

"죄송합니다."

위기를 넘기는 빠른 방법은 속죄 어린 사과의 말 한마디여야 한다.

"너 인생 왜 그렇게 살아?"

"……."

"왜 네 멋대로냐고? 내가 널 이해해 보려고 무슨 짓까지 한 줄 알아? 부처님한테 찾아가서 네 속마음을 들여다보는 거울 하나만 내려 주시면 안 되냐고 빌었다. 이게 말이 되냐? 난 기독교 신잔데."

풋 하고 웃음이 나올 뻔했다. 담임은 정말이지 그러고 남을 사람이다.

"그랬더니 뭐래요?"

"부처님이 그러시더라. 그런 거 있었으면 내가 갖지 왜 널 주냐고."

"맞는 말이네요."

"자식이 또박또박 말대답이나 하고."

담임이 책상에서 풀쩍 내려섰다. 꿀밤을 먹이는 줄 알고 목을 집어넣는데 담임이 불쑥 곰 캐릭터가 그려진 하늘색 거울을 내밀었다.

"받아 짜샤! 부처님이 주신 거야."

"네!"

"부처님이 네 마음을 들여다보라고 무기한 빌려주신 거니까 마음껏 보고 싶을 때 봐."

"됐어요. 저 안 가져요."

담임 손을 밀쳤다. 거울을 준다는 건 스스로 반성하라는 뜻이다. 미안하지만 반성은 내가 아니라 엄마, 아빠, 경준이가 해야 맞다. 날 괴물로 만든 건 그들이니까. 거울은 그들에게 줄 물건이지 내 것이 아니다.

"미안한데 이건 반품 안 돼. 정 싫으면 이에 낀 고춧가루나 코

털 관리용으로 쓰시던가!"

담임이 거울을 던지듯 내밀며 부동자세를 취했다. 가져가지 않으면 절대 물러서지 않을 것처럼 말이다. 나는 쓰레기통에 버릴 요량으로 거울을 받아 가방에 쑤셔 넣었다.

"그나저나 어딜 싸돌아다닌 거냐?"

"여기저기요."

산에서 만난 녀석이 떠올랐다. 녀석은 괜찮을까? 아까 보니 많이 다친 것 같진 않은데 문제는 녀석의 몰골이었다. 옷차림도 낯선 데다 얼굴 여기저기에 생채기가 나고 피멍이 들어 있는 거로 봐서는 누군가로부터 폭력을 당한 듯했다. 어쩌면 학교 폭력? 아니면 가정 폭력? 이러다 하지도 않은 일까지 덤터기를 쓰는 건 아닐까? 설마? 얼굴에 살짝 주먹만 갖다 댔을 뿐이니 별일 없을 게 분명하다. 그런데 자꾸 녀석이 신경 쓰이는 이유가 뭘까? 난 무얼 걱정하는 걸까? 걱정하는 일이 일어난 데도 더는 나빠질 것도 없는데 말이다.

"으악!"

머리카락을 막 헝클었다. 그러다 선생님과 눈이 딱 마주쳤다. 선생님 눈빛이 마구 흔들렸다.

"너 괜찮은 거야?"

물론 안 괜찮다. 자꾸 거지 같은 녀석이 어른거려서 괴롭다.

"선생님, 폭력 당하는 아이가 있다는 걸 알고도 외면하는 건 잘못된 거죠?"

"뭐?"

선생님이 어이없었는지 내 이마에 진짜로 알밤을 먹였다.

"적반하장도 유분수지. 폭력을 쓴 애가 바로 너야. 그런데 뭐가 어쩌고 어째?"

선생님 말씀을 듣고 보니 나 자신이 한심하기 짝이 없었다. 학교 폭력으로 출석 정지에 엄마랑 봉사까지 해야 하는 주제에 누가 누굴 걱정한다는 건지. 지나가는 개가 웃을 일이다.

"헛소리하지 말고 집에 가서 거울 좀 봐. 네가 점점 더 끔찍한 괴물로 변하지 않도록 말이야."

괴물이라. 내가 진짜 괴물일까? 괴물이기를 바란다. 난 진짜 괴물이 되어서 나와 주변 사람을 파괴하고 싶다.

선생님께 인사를 하고 교실을 나왔다. 학탈에 대해 어떤 징계도 하지 않은 건 이미 포기했거나 반성할 목록에 학탈도 포함되는 것일 수도 있기 때문이다.

하늘에 노을이 붉게 번졌다. 관광객들은 해가 지든 말든 삼삼오오 또는 떼로 몰려다니면 쉴 새 없이 재잘거렸다. 그들 사이를 뚫고 집으로 향했다. 저 멀리 정체를 알 수 없는 북소리가 넓고 깊게 울려 퍼졌다.

집에 오자마자 침대 안으로 미끄러져 들어갔다. 이불을 덮어쓰고 가만있자니 문득 담임이 준 거울이 생각났다. 거울을 꺼내 얼굴을 비춰 봤다. 찬 바람을 쐬고 돌아다녀서인지 얼굴이 푸석푸석 마른 낙엽 같다. 눈도 퀭하고 입술도 파랬다. 내 얼굴을 들여다보면 볼수록 누군가가 자꾸 떠올랐다. 창문 틈 사이로 비집고 들어오는 찬바람 소리에 문득 5년 전 그날이 떠올랐다.

그날은 매서운 바람이 텐트를 찢어 날릴 것처럼 심했다. 나는 텐트 안에서 애벌레처럼 몸을 잔뜩 웅크린 채로 기괴한 바람 소리를 들었다. 눈보라 때문에 베이스캠프에 발이 묶인 지 벌써 삼일째다. 특히 산에 밤이 찾아오면 모든 것들이 괴기스럽게 변하고 만다. 이를 딱딱 부딪치다 말고 슬그머니 옆 침낭으로 손을 뻗었다. 그리고 지퍼를 열어 그 안으로 손을 집어넣었다. 손가락을 타고 온기가 온몸으로 도는 듯했다.

"아직 안 잤어?"

아빠가 손을 가슴 쪽으로 쑥 끌어오며 물었다.

"잠이 안 와."

"왜 무섭니?"

"아니! 아빠가 있는데 뭐가 무서워."

솔직히 조금 무서웠다. 맹렬히 울어 대는 바람 소리도 인정사정없이 살을 파고드는 추위도 모두 말이다.

아빠가 내 옆으로 더 바싹 다가와 모자 쓴 내 머리를 가만히 쓸어 주었다.

"아빠가 노래 불러 줄까? 그럼 덜 무서울 거야."

고개를 끄덕이고 가만히 눈을 감았다. 아빠는 숨소리가 다 들릴 정도로 얼굴을 대더니 노래를 부르기 시작했다. 그런데 노랫소리가 들리지 않았다. 귀를 쫑긋 세워도 아빠 목소리는 와닿지 않았다. 덜컥 겁이 나서 눈을 번쩍 떴다. 여며지지 않은 커튼 사이로 한 줄 햇살이 내 얼굴을 비췄다. 주위를 둘러봤다. 벽을 따라 침대와 책상, 어지러이 옷들이 걸린 행거와 옷장이 보였다. 올라붙었던 가슴이 훅 하고 내려앉았다. 그건 꿈이었다.

"병신, 그런 꿈을 왜 꾼 거야!"

침대에 대고 주먹질을 해 댔다.

"강단우, 일어나. 벌써 8시야!"

엄마 목소리가 문틈을 파고들어 왔다. 엄마는 평소와 달리 화장까지 하고 식사를 준비했다. 나는 부스스한 얼굴로 식탁 의자에 털썩 앉았다. 엄마가 목을 빳빳하게 세우며 숟가락을 들었다.

오늘 엄마가 소환한 자아는 이지적이고 냉철한 사람인가 보다. 솔직히 여러 엄마 모습 중 이 모습이 가장 마음에 든다. 나사 하나 풀린 것처럼 정신없는 엄마, 우울증이 너무 심해 온종일 침대에 누워 천장만 쳐다보는 엄마, 받지도 않는 아빠 전화기에 대고 직장에서 있었던 일을 주절주절 늘어놓는 엄마. 이런 여러 엄마 중 나는 냉철한 엄마 자아가 좋다. 합리적이고 논리적인 모습을 보면, 어릴 적 내가 기억하는 엄마와 퍼즐이 딱 맞아 들어간다.

나물 씹는 소리, 국을 후루룩 떠먹는 소리만이 나와 엄마 사이를 오고 갔다.

"오늘은 엄마랑 오전에 봉사 가고 오후에는 상담 치료받으러 갈 거야."

"치료?"

내 질문에 엄마가 수저를 탁 놓았다. 엄마 눈을 똑바로 보고 싶지 않아 얼른 눈을 돌려 손도 대지 않은 달걀말이에 젓가락을 콕 찍었다.

"물론 엄마는 네가 치료가 필요하다고 생각 안 해. 그래도 절차를 따르는 게 맞을 거 같아서 예약해 놨어."

콩자반보다도 딱딱한 말투였다. 나는 부드러운 계란말이를 오물거리며 딱딱해진 기분을 부드럽게 만들려고 애를 썼다. 하지만 엄마는 그럴 마음이 없어 보였다.

"왜 대답이 없어?"

"무슨 대답. 시키는 대로 하면 되는 거 아냐?"

"네가 언제 하라는 대로 한 적 있어?"

"지금."

엄마 눈이 가늘어졌다. 다행히 더 잔소리는 없었다. 엄마는 끝까지 냉철한 자아를 내게 보여 줬다.

나는 물을 마저 마시고 화장실로 갔고 엄마는 그사이 설거지를 했다.

준비를 마치고 엄마 차를 타고 봉사를 한다는 곳으로 갔다. 가는 동안 우리는 말 한마디 나누지 않았다. 신호등에 걸려 정차를 하는데 가을바람에 낙엽이 우수수 차 위로 떨어졌다. 엄마는 떨어지는 낙엽을 한참 동안 보다가 갑자기 와이퍼를 움직여 쓸어 버렸다.

엄마와 봉사하러 간 곳은 성당이었다. 천주교 신자인 엄마는 주말마다 이곳 전당성당으로 미사를 드리러 온다. 전동성당은 세워진 지 백 년도 더 된 오래된 성당이자 관광객이 많이 찾는 명소다. 하지만 내게는 관광지도 성지도 아니다. 엄마는 모르겠지만 답답하고 울고 싶을 때 내가 찾는 곳 중 하나다. 회색 벽돌의 단단한 기둥을 두고 빨간 벽돌로 쌓아 올린 성당, 꼭대기에 얹어진 둥근 돔. 아치형 입구를 통과해 육중한 성당 문을 열면 스테인드글라스로 장식된 창문에서 쏟아지는 햇살에서 갓 구워낸 빵 냄새가 났다. 어룽거리는 색유리의 영롱함을 따라 의자에 앉아 성전을 바라다보면 나를 괴롭히는 모든 것이 잠재워지는 듯하다.

오늘은 평일이라 한산했다. 나는 경비 아저씨께 인사를 드리고 엄마를 따라 사무실로 갔다. 사무실에는 승환 아저씨가 있었다. 이사 온 첫 주에 성당에 미사를 드리는데, 웬 덩치 큰 아저씨가 엄마한테 먼저 알은체를 했다. 그게 승환 아저씨였다. 알고 보니 둘은 초등학교 동창이었다. 그 뒤로 아저씨와 가깝게 지냈다.

"왔네!"

컴퓨터를 하다 말고 아저씨가 벌떡 일어섰다. 오늘따라 배가 더 남산만 했다. 아저씨는 노총각인데 신부님이 되려다 부모님 반대로 못 했다고 한다. 내가 볼 땐 신부님이 안 되길 진짜 다행이다. 하루도 거르지 않고 술을 마시는 술고래 아저씨가 신부님이라니. 생각만 해도 성호가 그어진다.

엄마는 아저씨를 구석으로 데려가더니 무어라 속닥거렸다. 아마 저 녀석 눈물 쏙 빠지게 일 시키라는 주문을 했을 거다.

"난 안젤라 수녀님 도와서 곧 있을 김장거리 준비해야 하니까 넌 아저씨가 시키는 거 하고 있어."

엄마가 똑바로 하라는 듯 눈에 힘을 주고 나갔다. 엄마가 나간 걸 보고는 아저씨가 의자를 빼 주었다. 의자에 앉자마자 두툼한 종이 뭉치가 책상에 털썩 소리 나게 놓였다.

"네가 할 일은 주말에 신자들에게 줄 주보를 접는 일이야. 어때! 쉽지?"

승환 아저씨는 선심 쓰듯 말했다. 나는 고개를 끄덕이고 종이 뭉치를 끌어다 팔을 올렸다. 처음에는 한 장 한 장 접다가 꾀가 생겨서 여러 장을 같이 접었다가 다시 한 장씩 빼서 쌓아 가장자리를 꾹꾹 눌렀다. 시간이 두 배로 절약되는 느낌이다. 신나게 하는데 주임 신부님이 들어오셨다. 자동으로 벌떡 일어나 인사를 했다.

"아이고 이게 누구야. 우리 단우 아니냐?"

주임 신부님이 장난스럽게 손가락 총을 쐈다. 신부님 딴에는 장난을 치는 거겠지만 내가 볼 때는 아주 볼썽사납다. 덩치는 산만 하고 구레나룻부터 시작해 턱까지 기른 덥수룩한 수염을 한 신부님이 산적 같은 외모로 애교라니. 속이 부글거렸다.

"일은 할 만하냐?"

질문을 듣자 하니 내 스토리를 이미 다 아는 듯했다. 몰랐다면 학교 갈 시간에 왜 여기 있는지부터 물었을 테니까.

"네."

"짜식. 대답 한 번 쿨 해서 좋네. 사실 그거 내 일이거든. 근데 네가 거들어 준 덕에 가을 햇볕 낙낙하게 쬐어 수염이 더 풍성하게 자라게 도와줘서 고맙다."

신부님은 손을 들어 인사를 하고 사무실을 나갔다. 텁텁한 공기가 맑아지는 듯했다. 승환 아저씨도 신부님이 나가자마자 반듯했던 자세를 다시 흐트러뜨렸다.

일을 마치고 사무실을 나와 기지개를 쫙 켰다. 그러다 어제 갔던 곤지산 자락이 눈에 들어왔다. 녀석은 집에 잘 갔을까? 엉망으로 짓이겨진 녀석의 얼굴이 떠올랐다. 순간 손목에 진동이 왔다. 묵주 팔찌에 달린 십자가가 파리하게 떨렸다.

"일을 너무 열심히 했나 봐. 미쳤네! 미쳤어!"

뺨을 몇 대 때려 보았지만, 묵주 팔찌에서 오는 찌릿한 기분은 사라지지 않았다. 기분이 더러워서 묵주 팔찌를 빼 주머니에 넣었다.

"아저씨, 저 산 말이에요."

사무실에서 나오는 승환 아저씨를 불러 산을 가리켰다.

"곤지산? 저 산은 왜?"

"저 산에 가 본 적 있으세요?"

"당연하지. 저기가 성지 아니냐. 천주교 신자들이 박해받아 순교한 곳. 엊그제 네가 물어봤던 초록바위가 저 산의 다른 이름이야."

전동성당도 신해박해 때 윤지충, 권상연이라는 신도가 참수당한 곳이다. 그런데 어제 갔던 곤지산도 성지라고? 그제야 산 입구 팻말에서 읽었던 기억이 떠올랐다. 또다시 몸에 진동이 왔다. 메시지일 거로 생각하며 핸드폰을 꺼냈는데 아니었다. 설마 하고 주머니를 뒤져 묵주 팔찌를 꺼냈다. 묵주 팔찌가 손바닥에서 가늘게 떨렸다. 떨림 때문이었을까? 녀석의 걱정이 밀려왔다. 설마 아직도 저 산에 있는 걸까? 다시 산을 올려다 봤다.

“바보 같은 녀석!”

“뭐라고?”

옆에서 드럼통 같은 몸을 흔들던 승환 아저씨가 눈을 동그랗게 떴다.

“아저씨, 죄송한데 저 지금 갔다 올 데가 있는데 잠시만 다녀오면 안 될까요? 딱 한 시간이면 되는데.”

나는 아저씨와 산을 번갈아 보며 물었다.

“물론 안 되지. 네 엄마한테 널 잘 지켜보고 있겠다고 약속했거든. 약속을 저분이 들으시기도 했고.”

아저씨가 성당 앞에 세워진 두 팔 벌린 예수상을 가리켰다.

“허튼짓 안 해요. 잠깐 다녀올 데가 있어서요.”

간절한 눈빛을 쐈다. 아저씨가 난감한지 머리를 긁적였다.

“정말이지? 딴짓하면 너희 엄마 더 힘들어지는 거 알지?”

“네. 알아요. 절대 나쁜 짓 안 해요. 맹세해요.”

이건 진심이다. 진심으로 녀석의 상태만 확인하려는 거다. 아저씨가 입술을 앙다물며 고개를 끄덕였다. 아저씨 허락이 떨어지자마자 문 앞에 늘어선 관광객을 뚫고 성당을 나왔다. 곧장 성당 모퉁이를 돌아 천변 쪽으로 힘껏 뛰었다. 천변까지는 10분도 안 걸렸다. 싸전다리를 건넜고, 건널목을 지났다.

타다닥!

계단을 따라 단숨에 산 위로 올라갔다. 그리고 녀석을 찾아 여기저기를 둘러봤다. 산꼭대기에는 등산복 차림의 아저씨 두 분 말고는 아무도 없었다. 아저씨들은 곧 도서관 방향으로 내려갔다.

"이 시간에 있을 리가 없지."

가슴을 쓸어내리고 산을 도로 내려가려는데, 지난번처럼 나무 뒤에서 하얀 물체가 나타났다 사라졌다. 냉큼 나무 뒤로 뛰어갔지만, 아무것도 없었다. 헛것을 본 거였다. 주머니에 든 묵주 팔찌를 꺼냈다. 팔찌는 여전히 손바닥에서 가늘게 떨렸다.

"너 뭐냐? 너까지 나 놀릴래?"

가뜩이나 심란한데 팔찌까지 날 갖고 노는가 싶어 화가 치밀었다. 팔찌를 힘껏 들어 바닥에 내동댕이치려는데 누군가 내 팔목을 잡았다. 팔목을 잡은 건 녀석이었다. 녀석의 얼굴은 퍼렁 멍과 피딱지가 가시지 않은 채였다. 아니 어제보다 더 시퍼렇고 상처가 깊어 보였다. 갑자기 가슴이 먹먹해지고 마음이 폭풍우 치듯 휘몰아쳤다.

"사과하러 왔느냐?"

녀석이 슬그머니 손을 놓으며 살짝 미소 지었다.

"내가 왜?"

자세히 보니 녀석의 배가 홀쭉하다 못해 등가죽에 붙어 버릴 것만 같았다. 볼도 쏙 들어가 해골이 따로 없었다.

"아침은 먹은 거야?"

"글쎄, 배는 안 고프구나."

"헐! 제가 무슨 귀신도 아니고 배가 왜 안 고파?"

혹시나 하고 챙겨 온 소보로빵을 건넸다. 원체 싫어하는 빵이라 절대 입에도 안 대는데 성당 간식으로 나와서 가지고 온 거다.

"이게 무엇이더냐?"

녀석이 빵을 보더니, 눈을 휘둥그레 떴다.

"이건 말이야 소보로빵이라는 건데 세상에서 가장 맛없는 빵이야. 그래도 안 먹는 것보다는 나을 거다. 먹어 봐."

비닐을 벗겨 빵을 녀석 손에 억지로 쥐여 주었다.

"냄새가 아주 좋구나. 하지만 정말이지 배가 고프거나 하지는 않구나. 그나저나 오늘이 며칠이더냐?"

녀석은 말끝마다 주인이 하인에게 하듯 말했다. 버릇을 고쳐 줄까 싶었지만, 지금은 녀석의 사정을 들어 보는 게 급했다.

"헛소리 말고 이리 와 봐."

녀석을 끌고 벤치로 갔다. 녀석은 잔뜩 겁먹은 얼굴로 나와 마주 앉았다.

"사실대로 말해. 너 어디서 맞은 거야? 집? 학교? 아니면 골목?"

해결해 줄 건 아니었지만 누군가는 알고 있어야 할 일이다. 만약 녀석이 잘못되면 알고도 모른 체한 내가 책임을 피해 갈 수 없기 때문이다. 녀석은 내 폭풍 질문에 아주 잠깐 미간을 찌푸렸다. 그러다 이내 주름을 펴고 손등을 내려다봤다. 내 눈도 녀석의 손등으로 향했다. 손은 상처투성이에 팅팅 붓기까지 했다. 십 대의 손이라고는 도저히 믿을 수 없었다. 궂은 일을 하는 사람들 손도 이보다는 나을 것 같았다. 아물지 않은 상처들과 굳은살이 박인 손은 거칠다 못해 까칠했다. 손을 보고 있자니 빵을 든 내 손이 부끄러워져 슬그머니 뒤로 감췄다.

"나도 내가 누구인지 여기 왜 있는지 모르겠어. 도무지 기억이 나지 않는구나."

녀석은 머리를 감싸 쥐고 울먹였다. 곧 울음소리가 묵직하게 흘러나왔다. 내가 짐작하지 못하는 깊은 슬픔이 녀석의 울음에서 배어 나왔다. 사연은 모르지만, 괜히 가슴이 찡했다.

"너 혹시 머리를 맞은 거야? 그래도 그렇지 어떻게 기억을 못 해? 집이야 학교야? 그런 건 기억할 수 있잖아?"

녀석의 머리를 살폈다. 다행히 눈에 띄는 상처는 없었다. 그렇다면 폭력의 충격으로 기억을 잃은 건 아닌가 싶었다. 나도 아빠가 죽었다는 사실을 기억하지 않았으면 좋겠다고 생각한 적이 많았다. 녀석도 어쩌면 아픈 기억을 자꾸 지우려고 하다 보니 다른 기억도 지워진 게 아닐까?

"천천히 기억해 봐. 기억이라는 거 별거 아니더라고. 생각하려고 쥐어짜면 난다니까. 시험 볼 때 빼고."

내 말에 녀석이 나를 빤히 쳐다봤다. 그러더니 내 손목에 묵주 팔찌를 가리켰다.

"그거와 비슷한 걸 손목에 찬 기억은 나는구나."

"너도 천주교 신자야?"

"천주교가 무엇이더냐?"

나는 녀석에게 묵주 팔찌를 끼워 줬다. 기억이 더 잘 날 수 있을지도 몰라서다.

"천주교는 하느님과 하느님의 아들 예수님을 낳은 마리아를 숭배하는 종교야. 성모 마리아 말이야."

천주교에 대해 내가 아는 대로 주절주절 설명했다. 그런데 내 설명이 턱없이 부족했는지 녀석은 고개를 계속 갸웃거렸다.

"됐다 됐어. 어제는 어디서 잔 거야? 집?"

"모르겠어. 방금 네가 날 부르는 소리에 눈을 떴거든."

"네 말은 지금까지 여기서 잠을 잤다는 거야?"

"그런 것도 같고 아닌 것도 같고."

어이가 없었다. 아무래도 내 선에서 해결할 문제가 아닌 것 같았다.

"안 되겠어. 우선 경찰에 신고부터 해야 할 것 같아."

핸드폰을 꺼내 번호를 누르려고 할 때였다. 녀석이 갑자기 '으악!' 하고 소리를 지르더니 벤치 뒤로 숨었다.

"그 그게 무엇이더냐?"

핸드폰을 가리키는 녀석의 손이 바들바들 떨렸다. 어이가 없었다.

"장난치냐? 이거 핸드폰이잖아?"

도와주러 왔더니 기껏 한다는 소리 하고는.

"핸드폰? 뭐에 쓰는 물건이더냐?"

"너 정말 이게 뭔지 몰라?"

녀석은 바짝 얼어서 고개를 끄덕였다. 더 웃긴 건 핸드폰에서 나오는 불빛을 보며 '도깨비불'이라며 소리치는 거였다.

"너 도대체 어느 별에서 온 놈이냐?"

녀석의 정체가 점점 더 아리송해졌다.

5

아빠가 떠나기 하루 전을 또렷이 기억한다. 그날은 유난히 하늘이 맑았는데 나는 감기 때문에 학교를 결석했다. 아빠는 아침부터 커다란 배낭이 터질 정도로 짐을 챙겼다. 나는 소파에 누워 아빠가 짐 챙기는 걸 지켜봤다. 아주 능숙하면서 차분한 몸짓이었다. 하긴 일 년에 족히 서너 달은 등반을 하러 가는 아빠이니 여행 가방 싸기 달인 맞다. 나는 그날따라 아빠가 가는 게 싫었다. 몸이 아파서였을 수도 있겠지만, 무엇보다 내 마음이 그랬다.

"아빠, 안 가면 안 돼?"

아빠가 스틱을 챙기다 말고 날 쳐다봤다.

"우리 단우 어리광 피우는 거 보니까 많이 아픈가 보구나."

내 이마를 짚으며 아빠가 살짝 미소 지었다. 미소 때문인지 손이 너무 따뜻했는지 아빠를 끝까지 붙잡지 못하고 잠이 들었다. 그사이 아빠는 배낭을 꾸려 먼 나라로 떠나 버렸다. 그게 아빠와의 마지막이었다.

깨어나서 아빠가 간 걸 알고 집이 떠나가라 울어 댔다. 엄마는 내가 너무 아파서 그런 줄만 알았는지 계속 머리에 찬 수건을 올렸다. 그게 아니라고 말하고 싶었지만, 울음이 쉬 그치지 않아 말을 할 수가 없었다.

아빠가 돌아오지 않는 날이 점점 길어졌다. 히말라야 다울라기리로 등반을 떠난 아빠가 실종되었다는 보도가 나왔지만, 엄마는 믿지 않았다. 나한테도 줄곧 아빠는 살아 있고 반드시 돌아올 거라고 말했기 때문이다. 어쩌면 엄마가 스스로 거는 최면이었는지도 모른다. 나도 마찬가지였다. 어디선가 살아 있는 아빠를 상상하며 기도했다. 아빠가 들을 수 있게 크게 기도할 때도 있었고 마음속으로 간절히 기도할 때도 있었다. 우린 둘 다 아빠가 돌아온다는 확신에 희망을 걸었고 반드시 그러리라 믿었다.

지금 생각해 보면 그런 막연한 희망이 우리 둘을 더 피폐하게 만든 건지도 모른다. 어쩌면 엄마는 처음부터 알고 있었는지도 모른다. 아빠가 다신 돌아올 수 없다는 걸 말이다. 엄마는 내게 사실대로 말했어야 했다. 아빠가 영영 돌아오지 않을 수도 있다고.

현실을 빨리 인지했다면 어리석게도 엄마의 슬픈 등만 바라보고 있지는 않았을 거다.

핸드폰을 요리조리 살피는 녀석을 물끄러미 바라봤다. 핸드폰을 신기하게 보는 녀석은 분명 내가 아는 또래 애들과는 다르다. 어쩌면 지적 장애가 있는지도 모른다. 그렇다면 지금쯤 녀석의 가족이 녀석을 찾아 헤맬 수도 있다. 가족 중 한 사람이 사라지는 건 모든 일상이 일시 정지를 누른 것처럼 멈춰 버리는 것과 같다. 심지어 생각도 몸도 굳어 버리고 점점 괴물이 되어 가기도 한다.

"이름이라도 기억해 봐."

핸드폰을 빼앗아 녀석의 눈을 뚫어지게 쳐다봤다. 녀석은 우울한 표정을 지었다.

"김, 이, 박, 최, 장, 안, 남. 주, 한, 신, 허, 하. 이 중에 네 성은 뭐냐?"

생각나는 대로 성을 열거해 불렀다. 녀석은 여전히 미간을 찌푸렸다. 밤고구마를 백 개는 먹은 것처럼 속이 답답했다. 시계를 보니 약속했던 시간이 다 되어 갔다. 나를 믿어 준 아저씨를 실망시킬 수는 없다. 하는 수 없이 자리에서 일어섰다. 녀석이 날 슬픈 눈으로 쳐다봤다. 유기견을 찾아 준다고 해도 이보다 어려울 것 같지 않다. 하물며 사람인데 못 찾을까 싶다가도 녀석의 흐리멍덩한 눈을 보고 있자니 자신이 없어졌다.

"내일 다시 올 거야. 그때까지도 네가 여기 있다면 넌 기억해 놔야 해. 네가 누구인지. 내일은 핸드폰 데이터 빵빵하게 채워서 올 거니까 뭐든 말하면 이게 알려 줄 거야."

나는 핸드폰을 흔들며 살짝 웃어 보였다.

"정말 가려는 거냐?"

녀석이 내 옷자락을 붙잡았다. 세 살 어린애 같은 표정이었다.

"건투를 빈다."

나는 녀석이 잡은 옷자락을 빼며 씩 웃었다. 불안해 보이는 녀석의 눈빛이 마음에 걸렸지만, 내 코가 석 자다. 뛰어가도 약속 시간에 늦을 게 뻔하다.

"걱정하지 마. 내일 꼭 올 거야. 배고프면 이거 먹고."

나는 어린아이 달래듯 녀석에게 아까 뿌리친 빵을 쥐여 줬다. 마음 약해질까 봐 뒤도 안 돌아보고 계단을 타다닥 내려왔다. 산을 다 내려오는데 지난번 돌다리에서 본 아줌마와 곰 인형 개와 마주쳤다. 개는 내 발등에 코를 대고 킁킁대더니 이내 '으르렁' 소리를 냈다.

"어머, 저번에 만난 애네!"

신기하게 아줌마가 날 기억하고 있었다. 나는 아줌마한테 꾸벅 인사를 하고 줄곧 으르렁거리는 강아지를 피해 성당으로 뛰었다.

"10분 늦었다!"

사무실에 들어서자마자 승환 아저씨가 시계를 가리켰다.

“죄송 헉헉 해요. 그래도 약속 지키려고 이렇게 뛰어왔으니까 용서해 주실 거죠?”

승환 아저씨가 나를 보고 눈을 크게 떴다.

“참 오래 살고 볼 일이네. 네가 너스레도 떨 줄 알고.”

나는 무안한데 아저씨는 뭐가 좋은지 껄껄거리며 웃었다.

나는 구석에 놓인 소파에 털썩 앉아 핸드폰을 꺼냈다. 까만 핸드폰 화면으로 못난 내 얼굴이 비쳤다. 가만 보고 있자니 녀석의 지저분한 얼굴 사이로 비치는 슬픈 눈빛이 불쑥불쑥 떠올랐다. 고개를 젓는데도 귀신처럼 떠올렸다.

“아이씨!”

욕이 저절로 튀어나오고 말았다. 아저씨가 나를 힐끗 보다가 다시 고개를 돌렸다.

성당 봉사를 마치고 근처 심리 센터로 갔다. 상담사는 엄마 또래 아줌마였는데 무척 사무적으로 질문을 했다. 나도 어차피 진심을 말하고 싶지 않았기에 대충대충 대답했다. 상담사는 내 말을 하나라도 놓치지 않으려고 엄청난 속도로 메모를 했다.

상담을 끝내고 집으로 가는 길에 엄마에게 곤지산 앞으로 지나가 달라고 했다. 엄마는 아무 말 없이 그렇게 해 주었다. 해가 완전히 떨어진 시간이라 산은 시커먼 흉물 덩어리 같았다. 다행히 난간에 나와 있는 사람은 없었다. 녀석이 제발 집으로 돌아갔기를 바라고 또 바랐다.

다음 날은 김장 김치 봉사를 했다. 아침부터 절임배추를 건져서 나르는 일을 했더니 어깨가 빠질 것만 같았다. 어깨를 두드리며 힘들다는 표시를 냈지만, 아무도 쉬라고 하는 사람은 없었다. 차라리 죽도록 싫은 경준이를 마주하는 게 배추 씻고 나르는 일보다는 나을 것 같았다.

점심을 정신없이 먹고 난 뒤 잠깐 쉰다고 하고 그 틈에 곤지산으로 갔다. 혹시나 해 주머니에 사탕이랑 초콜릿, 에너지바를 두둑하게 챙겼다. 아빠가 등반할 때 꼭 챙기는 간식이었다.

"야! 야!"

이름을 모르니 크게 '야!'를 외칠 수밖에. 몇 번의 부름에도 녀석은 터럭 하나 보이지 않았다. 갔구나 싶은 생각에 조금 서운하기도 했다. 이럴 줄 알았으면 더 친절하게 구는 건데. 어깨를 으쓱하고 막 돌아서는데, 간 줄 알았던 녀석이 계단 앞에 서 있는 게 아닌가. 반가우면서도 허탈했다.

"안 갔구나? 결국 아무것도 기억 못 한 거야?"

녀석이 가만히 고개를 끄덕였다.

"아주 성과가 없는 건 아니야. 아주 조금 생각이 났어."

녀석이 내 손을 잡아끌어 천이 내려다보이는 난간 쪽으로 데려갔다. 그리고는 천을 물끄러미 바라봤다. 나는 녀석이 입을 열 때까지 기다렸다. 기억해 냈다면서 차마 입을 떼지 못하는 이유가 뭘까. 녀석의 얼굴은 점점 창백해져 갔다.

"정확한 기억인지는 모르겠지만. 손과 발목이 밧줄에 묶인 채 어딘가로 끌려가는 장면이 자꾸 생각나는구나."

녀석이 한참 만에 꺼낸 말이었다.

"묶여서 끌려갔다고?"

이해되지 않았다. 우리 또래 애들을 누가 밧줄로 묶어 끌고 간다는 건지. 만약 지금 그런 일이 있다면 이건 범죄다. 아동 아니 중딩 학대죄.

"누 누가 끌고 갔는데?"

궁금해서 죽을 맛이었다. 녀석은 여전히 기억이 안 나는지 아니면 많이 괴로운지 잔뜩 인상을 썼다.

"모르겠어. 도망가지 못하게 하려는지 다리 양쪽으로 족쇄가 물린 기억도 났어."

녀석이 바지 밑단을 걷어 발목을 보여 줬다. 정말이지 빨갛게 상처 자국이 나 있었다.

"너 혹시 꿈꿨냐? 대체 족쇄는 뭐고 밧줄은 다 뭐야? 네가 노예도 아니고 누가 널 줄로 묶냐고?"

하도 어이가 없어 타박하는 말이 나와 버렸다.

"분명히 단단한 밧줄이었어. 나 말고도 내 또래 아이도 있었고, 어른들도 있었고."

"네 또래라고? 혹시 친구?"

"친구인지는 모르겠구나."

맥이 빠졌다.

"사실 더 정확한 기억이 있긴 한데……."

나는 마른침을 꿀꺽 삼키며 녀석을 빤히 쳐다봤다.

"아주 잘 갈린 커다란 칼이었어."

기억난다는 물건이 난데없이 칼이라니. 대체 저 녀석한테 무슨 일이 있었던 걸까? 문득 지난달에 본 사이코 영화가 생각났다. 주인공은 다중 인격이었다. 평소에는 멀쩡하다가 인격이 변하면, 무서운 살인마가 되었다가 귀여운 친구가 되었다가 세상 착한 아들이 되어 있었다. 영화에서 가장 무서운 장면은 주인공이 착한 인격으로 돌아와 엄청 순진한 얼굴로 상대를 위로할 때였다. 물론 난 그때까지 주인공이 연쇄 살인마라는 걸 알지 못했다. 나중에 알고 소름이 쫙 돋았다. 설마 저런 얼굴로 살인을 하겠어! 했던 내 안일한 믿음에 배신을 당하는 순간이었다.

지금이 그런 순간이다. 어쩌면 이 녀석은 영화 속 주인공과 같은 인격을 소유하고 있는지도 모른다. 시퍼런 칼, 족쇄, 밧줄에 묶여 끌려다녔다며 사지를 떠는 모습은 마치 엄청난 비밀을 숨긴 채 나를 사건으로 몰아넣으려는 속셈 같았다. 살짝 거리를 두고 녀석을 봤다.

"진짜야? 칼이 어떻게 생겼는지 기억나?"

묻는 말에 녀석은 나무 막대를 주워 와 바닥에 그림을 그렸다. 칼날은 곡선을 그리며 휘어 있고 끝은 낫처럼 날카로웠다. 길이가 족히 50센티미터는 될 것 같았다. 역사 드라마에서나 보았던 망나니가 휘두르는 칼과 비슷해 보였다.

"이게 정말 네가 기억하는 칼이란 말이지?"

녀석은 몸을 부르르 떨며 고개를 끄덕였다.

"이게 무슨 칼인 줄 알아?"

"무슨 칼인데 그렇게 놀라는 거냐?"

"정말 몰라서 묻는 거야?"

또다시 멀뚱한 얼굴로 고개를 끄덕였다.

어쩌면 이 녀석은 내가 생각하는 것보다 훨씬 더 영리하거나 아니면 미친 게 분명하다. 아니면 영화를 너무 봐서 환영에 빠졌거나.

"너 정신 병원에서 탈출한 미친놈이지?"

"미친놈?"

녀석의 눈에 힘이 들어갔다.

"내가 볼 땐 너 미쳤어. 기억이 안 난다고 헛소리해 대는 것도

다 쇼고."

여태 믿은 게 억울해서 얼굴이 다 화끈거렸다.

"그게 무슨 말이야? 병원은 또 무엇이더냐?"

녀석은 여전히 순진한 표정을 지었다

"아씨. 인제 그만해. 한 번만 더 그딴 표정 지으면……."

주먹이 꽉 쥐어졌다. 이 녀석 때문에 내가 투자한 시간을 생각하면 경준이한테 했던 것처럼 주먹 한 방으로도 모자란다. 하지만 주먹을 쓰는 건 안 하기로 엄마랑 약속했다. 꼭 지킬 마음으로 한 약속은 아니었지만 약속은 약속이다. 떨리는 주먹을 허벅지에 딱 붙이고 바닥에 침을 뱉었다.

"존나 재수 없는 새끼. 다시 한번 내 앞에 나타나면 그땐 넌 내 손에 죽어!"

나는 뒤도 안 돌아보고 산을 뛰어 내려왔다. 혹시라도 쫓아오면 약속이고 뭐고 주먹을 날려 줄 거다. 그런데 계단을 다 내려올 때까지도 나를 쫓아 내려오는 발소리는 안 들렸다. 하긴 무슨 낯짝으로 날 붙잡겠어. 아마도 꽉 움켜쥔 내 주먹을 보고 겁을 먹었을 거다. 이게 바로 미친놈의 말로라는 거다.

씩씩대며 싸전다리를 건너 성당 쪽으로 걸었다. 처음에는 빨랐던 발걸음이 점점 느려졌다. 급기야는 걸음을 멈추고 뒤를 돌아봤다. 멀리 곤지산 난간이 보였다. 다행인지 불행인지 녀석의 흔적은 보이지 않았다.

"뭐 어쩌라고! 사기꾼 같은 자식."

산을 향해 주먹을 흔들어 보이고는 돌아섰다.

그날 밤, 늦도록 잠이 오지 않았다. 생각하면 할수록 화가 났다.

"으아아악!"

이불을 덮고 마구 소리 질렀다. 왜 자꾸 미친놈한테 신경을 쓰는 걸까. 누군가를 이렇게 걱정해 본 건 정말이지 오랜만이다. 초등학교 3학년 때 절친 동석이가 폐렴으로 병원에 한 달을 입원했을 때 이후로 처음인 것 같다. 동석이가 정말로 죽을지도 모른다고 생각해 밤마다 울었던 기억이 난다. 지금이 딱 그랬다. 눈만 감으면 녀석의 초췌한 모습이 생각난다. 생각나는 정도가 아니라 걱정이 밀물처럼 밀려오는 게 문제다.

어쩌면 내 상태가 정상이 아니라서 그런지 모른다. 몸을 반듯이 펴 눈을 감았다. 난간에 아슬아슬하게 선 녀석이 어둠 속에서 보였다. 녀석의 하얀 옷자락이 힘없이 펄럭이고 있었다. 주위로 시퍼런 칼날이 바람을 가르며 춤을 췄다.

6

오늘은 학교 가는 날이다. 엄마는 출근하기 전 신신당부를 했다. 학교에서 웬만하면 경준이와 마주치지도 말도 섞지 말라는 거였다. 엄마는 불가능을 가능으로 만드는 위대한 위인들이나 할 법한 걸 나에게 요구했다. 같은 반 경준이와 어떻게 안 마주칠 수 있으며, 서로 말을 하지 않는 건 내 의지와 상관없다. 녀석은 말을 걸어올 게 분명하다. 잔뜩 이죽거리고 비아냥거리는 말로. 물론 맞받아치지 않으면 된다. 그렇지만 그건 쉬운 일이 아니다.

"알았어."

짧게 대답했다. 대답이 마음에 들었는지 엄마는 더 말을 안 했다.

교실에 들어서자 아이들 눈이 모두 내게 쏠렸다. 그중 보늬 눈빛이 더 눈에 거슬리는 건 뭐 때문일까. 이틀 안 본 사이에 보늬에게 생긴 변화. 긴 머리가 단발머리로 바뀌었다는 거다. 가야금 연주를 하는 애들은 꼭 머리를 길러야 하는 거냐며 전부터 자르고 싶어 했다. 그런데 엄마도 선생님도 다들 말려서 억지로 기르던 머리였다. 뭐 이렇게 하든 저렇게 하든 보늬는 예쁘다. 하지만 난 긴 머리 쪽에 한 표를 던진다. 긴 머리를 한 보늬에게는 신비로움이 감돌았기 때문이다.

"왔냐?"

교실 환경 판에 압정을 꽂고 있던 승규가 알은체를 했다. 표정이 밝아 보이는 걸 보니 내가 없는 이틀을 잘 지낸 듯 보였다. 경준이는 아직 등교 전이었다.

자리에 앉자마자 승규가 빈 앞자리에 털썩 앉아 날 돌아봤다.

"봉사 활동 어땠어?"

승규 눈에 호기심이 가득했다.

"나 놀러 갔다 온 거 아니거든."

"알지. 내 말은 힘든 거 없었냐는 거야."

"없었어."

내 대답이 시큰둥하자 승규가 또 뭐라고 말을 걸려고 몸을 당겼다. 그때였다. 뒷문이 떨어져 나갈 듯 열리는 소리가 들렸다. 모두의 목이 뒷문으로 돌아갔다. 나는 돌아보지 않았다. 안 봐도 누군지 아니까.

"야, 우리의 영웅, 단우님이 오셨네."

변성기가 이제 막 시작된 토할 것 같은 목소리가 들려왔다. 무시하고 가방에서 필통하고 노트를 꺼내는데 살이 피둥피둥한 손 하나가 등 뒤에서 날아와 내 필통을 낚아채 갔다. 나는 심호흡을 크게 하고 경준이 쪽으로 시선을 돌렸다. 경준이는 오늘따라 유난히 반질반질한 얼굴로 히죽히죽 웃었다.

"돌려줄래?"

엄마가 한 말을 곱씹고 또 곱씹으며 침착하게 말했다. 이렇게 했는데도 경준이는 날 가만 내버려 둘 생각이 없나 보다. 필통을 열어 필기도구를 바닥에 와르르 쏟았다. 여기저기서 작고 가는 탄성이 새어 나왔다. 마치 잘 짜인 각본대로 연기하는 연기자들의 대사처럼 분명했다.

"아이고 이를 어쩌냐? 쏟아져 버렸네."

경준이가 당황한 척 연기했다.

징계를 받기 전에 나라면 녀석의 멱살을 잡았을 테다. 하지만 지금은 잔뜩 웅크리고 있어야 한다. 물론 내 진짜 목적인 강제 전학을 성공시키려면 또다시 경준이 면상을 벌침 쏘듯 만들어 버릴 수도 있다. 하지만 곤지산 자락에서 자기 이름도 모른 채 숨죽여 있는 녀석을 원래 있던 곳으로 돌려보내기 전까지는 참아야 한다. 녀석의 목에 난 빨간 상처나 상처투성인 맨발이 내 주먹을 자꾸 무력화시킨다.

아무렇지도 않은 척 허리를 굽혀 필기도구를 주웠다. 역시나 경준이가 예상 밖이란 표정을 지었다. 이런 표정을 보는 것도 나름 괜찮았다. 폭력을 써서 녀석의 코를 납작하게 해 주는 것보다 더 통쾌했다.

"음하하!"

"너 약 먹었냐?"

경준이가 관자놀이에 손가락을 대고 빙빙 돌렸다.

"그럴 수도 있고."

나는 어깨를 으쓱했다. 곧 담임이 들어오셔서 경준이는 금세 자기 자리를 찾아갔다. 의자에 엉거주춤 앉으며 나를 보는 눈빛이 예사롭지 않았다. 저 돌아이 새끼를 어떻게 뭉개 버려야 할까 하는 고민의 흔적이 녀석 특유의 콧잔등 주름에 새겨졌다.

담임은 교탁에 서자마자 날 쳐다봤다. 이틀 사이 나를 보는 눈빛이 무척 부드러워져 있었다.

"오늘 3, 4교시에는 모둠별로 '우동 알씨 프로젝트' 자료 조사차 야외 수업인 거 알지?"

"네!"

아이들이 책상을 두드리며 환호했다. 우동 알씨 프로젝트는 뭐지? 우동 먹는 프로젝트인가? 이젠 하다 하다 별 프로젝트를 다 한다. 도덕 선생님이 이제는 우동 맛을 통해 아이들을 무진장 도덕적 인간으로 만들 요량인가 보다. 여하튼 못 말리는 담임이다. 우동 알씨가 뭔지 짝꿍에게 물어볼까 말까 망설이다 담임이 쳐다봐서 관뒀다.

"2교시 끝나고 각 모둠 모둠장은 어디를 조사할 것인지 나한테 알리고 움직인다. 단, 야외 활동이니만큼 모둠원이 한 명이라도 일탈하지 않도록 하고. 내가 돌아다니다가 허튼짓하는 녀석들을 발견할 시 모둠 점수는 없는 거야. 알았어!"

담임은 다 좋은데 저런 말투는 별로다. 거의 협박조다. 물론 이렇게 하지 않으면 천방지축 제멋대로 행동하는 애들이 생긴다. 나도 뭐 그중 한 명이지만. 그렇다고 점수를 깎으니 어쩌니 하는 말로 북한에서도 핵무기보다 무서워한다는 중 2를 통제하지 못한다. '너희들을 믿는다' 이 한마디로 족하지 않을까. 믿는다는 사람 앞에서 배신하기란 쉽지 않다.

1교시가 끝나고 보늬가 뜬금없이 내 자리로 와 책 한 권을 내밀었다.

'데미안!'

내가 지난번에 빌려준 책이라는 게 생각났다. 보늬가 독서 동

아리에서 읽어야 한다면 빌라 달라고 한 책이다. 내가 유일하게 읽은 책이 데미안이라는 걸 어떻게 안 건지 싶었지만, 흔쾌히 빌려줬다.

"너 생각보다 책 꼼꼼히 읽더라. 줄도 처져 있고."

보늬 칭찬이 나쁘진 않았다. 하지만 여전히 경준이가 눈에 거슬렸다. 아니나 다를까 경준이가 오더니, 책을 들어 바닥에 내다 꽂았다. 그러면서 하는 말이 가관이었다.

"너희 사귀냐?"

아니라고 빌려준 책 돌려받은 거라고 보늬가 또박또박 말해 주면 좋으련만. 보늬 얼굴이 순식간에 빨개진 게 문제다. 내가 해명하려고 할 때는 이미 경준이 이성이 튕겨 나간 뒤였다. 나는 순식간에 경준이에게 멱살을 잡힌 채로 복도로 끌려갔다. 경준이는 준비된 격투기 선수처럼 한쪽 다리를 걸어 날 보기 좋게 바닥에 패대기쳤다. 그새 주짓수라도 배운 건가 싶어 빨리 일어서려는데 이번에는 손으로 머리를 누르고 무릎으로 가슴을 강하게 눌렀다. 너무 아파서 잇새 사이로 신음 아니 정확히 말하면 살려 달라는 소리가 새어 나왔다. 보늬는 저 때문에 일어난 일을 보고도 손가락을 입에 문 채 발만 동동 굴렀다.

이를 악물며 경준이를 노려봤다.

"나한테 왜 이래?"

정말 궁금했다.

"몰라서 물어? 이 병맛 같은 새끼야."

경준이 침이 파편처럼 얼굴에 튀었다.

"좋아하면 애먼 사람 괴롭히지 말고 말로 해. 아니면 찌그러져 있던가."

보기 좋게 녀석의 약점을 찔렀다. 경준이는 보늬를 엄청나게 좋아한다. 보늬 앞에만 서면 아니 사정거리 안으로 들어서기만 해도 얼굴이 홍옥 사과처럼 빨개진다. 희한한 건 보늬 앞에서 엄청나게 센 척을 한다는 거다. 미안한 얘기지만 보늬는 센 놈 아니 제멋대로인 놈을 제일 싫어한다. 그래서 나를 제일 싫어하고, 다음으로 경준이일 가능성 백 프로다. 보늬 마음에 들게 하는 비법을 알려 주고 싶어도 도통 기회가 없다. 지금은 알려 주고 싶은 마음이 싹 사라졌으니 경준이는 보늬 마음에 들 기회를 잃어버린 거나 다름없다.

보늬는 담임하고 쌍벽을 이루는 도덕 선생이다. 툭하면 질서니, 규율을 들먹이며 바른 생활을 강조한다. 말 안 한 게 있는데 징계 받은 첫날 보늬에게 한 통의 전화가 왔다. 받을까 말까 하다가 상담 선생님이 받으라고 해서 받았더니 '꽥' 하는 괴성이 고막을 찢었다.

"너 정말 맘에 안 들어. 지난번엔 그냥 넘어갔는데 오늘은 도저히 안 되겠다. 정신 차려. 이 병아리 쫀드기 미꾸라지 같은 놈아!"

제 할 말만 하고 전화를 뚝 끊었다. 상담 선생님이 들었는지 밥통 김빠지는 웃음소리를 냈다. 뭔지 모르겠지만 나도 모르게 얼굴이 확 달아올랐다.

"뭐!"

저번처럼 경준이 얼굴에 알록달록 단풍이 들었다. 나는 경준이가 흥분하느라 잠깐 몸에 힘을 뺀 사이 힘껏 녀석을 밀었다. 뒤로 밀린 경준이가 잠깐 놀란 표정을 짓다가 이내 손바닥을 휘둘러 내 정수리를 사정없이 쳤다. 정수리가 얼얼했다. 다시 한번 공격이 들어오면 그때는 녀석의 동그스름한 배에 펀치를 먹일 참이었다.

그런데 사라졌던 보늬가 다시 나타났다. 아까처럼 다리를 동동 구르며 손가락을 이에 문 채가 아니라 팔짱을 끼고 벽에 살짝 기댄 채로 말이다. 보늬 때문이었나 이상하게 주먹에 힘이 빠졌다. 그래도 그냥 물러나기에는 영 자존심이 상했다. 어깨를 부딪치는 것으로 마무리를 하려는데 경준이가 저만치 나가떨어져 있었다. 마치 무협 영화 속 엑스트라들처럼 과장된 몸짓으로 말이다.

절묘한 타이밍에 담임이 전력으로 복도를 뛰어왔다. 그 폼은 마치 정의를 수호하는 슈퍼맨을 닮아 있었다. 담임은 경준이를 일으키며 나를 노려봤다.

“얘 왜 이러고 있는 거야?”

“경준이가 먼저 단우한테 시비 걸었어요.”

고맙게도 뒤에 서 있던 승규가 나를 대변했다.

“누가 너보고 대답하래? 단우, 네가 말해 봐.”

담임이 징계받은 지 며칠이나 됐다고 또 말썽이냐는 듯 눈썹을 까딱였다.

“경준이가 먼저 시비 걸었어요.”

진실 어린 말은 상대를 감동 시키나 보다. 담임은 경준이를 쳐다봤다. 아니 노려봤다. 경준이가 다급히 다리를 잡고 우는소리를 했다. 멍청한 녀석. 다친 곳은 어깨지 다리가 아냐. 담임이 눈에 힘을 풀더니 경준이를 부축해 일으켰다.

“승규 넌 경준이 보건실 데리고 가고, 단우 넌 지금 당장 연구실로 와!”

담임이 다짜고짜 내게 내민 건 다름 아닌 반성문이었다.

“써!”

잘못한 게 없는데, 뭘 써야 할지 몰라 경준이가 내게 한 말을 적었다. 쓰고 보니 욕이 거의 반절이다. 하지만 분명히 경준이가 했던 말이다.

“이게 반성문이야?”

선생님이 반성문을 팔랑거렸다.

"반성할 게 없어서 아까 있었던 일을 쓴 건데요."

"경준이가 정말 이런 말을 했다고?"

원래 경준이는 막말을 입에 달고 산다. 선생님들 없을 때만 착한 학생 코스프레를 한다. 물론 나도 욕을 안 하는 건 아니다. 적어도 경준이처럼 무턱대고 하지는 않는다. 경준이는 기분이 나쁘면 나빠서, 시험을 못 보면 못 봐서, 좋아하는 보늬가 안 쳐다보면 안 쳐다봐서. 갖가지 이유로 자기감정을 만만한 애들한테 쏟아낸다.

내 얘기를 묵묵히 듣던 담임이 등을 톡 쳤다.

"너, 보늬 좋아하는구나."

제자를 앉혀 놓고 연애 드라마를 보듯 실실 쪼개는 웃음은 뭐지?

담임은 아주 잠깐 고민하는 척하더니 나를 교실로 돌려보냈다. 경준이가 내 뒤를 이어 연구실로 갔고 돌아온 경준이 얼굴은 똥물 튄 얼굴이었다.

7

2교시가 끝나자마자 '우동 알씨 프로젝트' 수행을 위한 수선스러움이 교실 곳곳에서 발동했다. 말이 좋아 프로젝트지 이거야말로 허락받은 학탈이 아니고 뭐냐고. 다들 흥분에 가까운 소리를 질러 댔다.

"왜?"

심드렁하게 앉아 있는데 보늬가 다가왔다.

"너 우동 알씨 프로젝트가 뭔지 아니?"

솔직히 아까부터 알고 싶었던 말이긴 했다.

"야! 모르는 거 당연하지. 단우야 그게 뭐냐면……."

어느새 내 옆으로 온 승규가 정답을 말하려고 할 때였다. 보늬가 뒤로 팩 돌아섰다. 동시에 승규가 갑자기 똥이 마렵다며 교실 밖으로 뛰쳐나갔다. 그제야 보늬가 나를 돌아봤다.

“우동 알씨(see) 프로젝트로 말할 것 같으면 ‘우리 동네 알고 살펴보자 프로젝트’야. 정확히 말하자면 ‘동네 관찰 과제’라고 해 두지 뭐.”

과연 담임답다. 별거 아닌 수행 평가를 그럴싸하게 포장하는 능력 말이다. 나는 살짝 벌어진 입술을 뚫고 나오는 비웃음을 흘리고 고개를 끄덕였다.

“내가 모둠 조장이고 넌 우리 모둠이야.”

“그래서?”

“그렇다고.”

따져 묻는 말에 보늬 기가 금세 죽었다. 이래서 모둠장은 어떻게 하겠다는 건지.

“알았어.”

너무 했다 싶어 목소리를 조금 누그러뜨렸다.

“오늘 3교시에 너랑 나, 승규, 세희, 학준이 이렇게 다섯 명이 함께 움직일 거야. 딴 데로 새지 마!”

금세 기분이 좋아진 보늬가 발랄하게 말하고는 자기 자리로 돌아갔다.

곧 반 아이들이 수선을 떨며 밖으로 몰려 나갔다. 나는 가장 마지막으로 주머니에 손을 찔러 넣고서 천천히 복도로 나갔다. 승규가 둥그렇게 모인 아이들 틈에 서서 내게 손짓을 했다. 신발장 앞으로 가자 보늬가 나를 마지막으로 머릿수를 세더니 흡족한 미소를 지었다.

"우리 가는 데가 어디냐?"

막춤을 추며 까불어 대고 있는 승규한테 슬쩍 물었다.

"어디였더라? 아 맞다! 자만벽화마을."

벽화 마을이라면 한옥 마을 북쪽에 있는 산동네다. 전국에 많은 벽화 마을이 있다. 그중에서 서울의 이화벽화마을과 통영의 동피랑벽화마을에 가 본 기억이 난다. 두 곳 모두 산비탈에 있다는 것과 주거 지역에 조성되었다는 점이 같다. 물론 거기에 그려 놓은 그림은 같은 듯 사뭇 다르다. 이모랑 갔던 동피랑벽화마을이 특히 기억에 남는다. 아마도 마을 가장 높은 곳에서 바라다보이는 바다 때문일 것이다. 아기자기한 그림이 그려진 돌계단을 타고 올라가 가장 높은 곳에 서면 푸른 바다가 한눈에 펼쳐진다. 햇살이 비쳐 반짝이는 잔물결이 호젓하고 포근하다. 이모가 바다를 배경으로 사진을 찍어 줬는데…… 그 사진이 어디 있지?

"야! 안 갈 거냐?"

사진 둔 곳을 찾아 기억을 더듬는데 승규가 복도 중간쯤에서 나를 불렀다. 은근히 나를 챙기는 승규가 고맙지만 한 번도 고맙다고 말 한 적이 없다. 그런 낯간지러운 짓을 하며 꼭 여드름이 톡 하고 올라온다. 나는 서둘러 승규 뒤를 쫓았다.

우리 반 아이들은 네 모둠으로 흩어졌다. 교문을 나서자마자 보늬가 우리를 돌아보며 말했다.

"내가 모둠장이니까 오늘은 내 말을 잘 들어줬으면 좋겠어."

보늬 말에 모두 고개를 끄덕였다.

"내가 나눠 준 종이 있지! 각자 조사해야 할 거니까 꼭 해야 해!"

보늬는 유독 나를 보며 목소리에 힘을 줬다. 종이를 보니 내가 할 일은 자만 마을의 풍경을 사진으로 찍는 거였다.

학교를 나와 한옥 마을 쪽으로 걸음을 옮겼다. 모두 수업 시간에 허락된 외출을 나온 것만으로도 즐거워 보였다. 승규는 소풍 나온 아이처럼 두 팔을 벌려 이리저리 뛰어다녔다. 꼭 초등학생 같았다.

"야, 넌 저거 뭐로 보이냐?"

앞장서 가던 승규가 갑자기 곤지산을 가리켰다.

"뭐가?"

나는 승규 손끝을 바라봤다. 곤지산 꼭대기 난간에 하얀 물체가 펄럭거렸다. 그걸 보는데 뒷골이 싸해지면서 불길한 기운이 온몸을 덮쳤다.

"승규야, 나 잠깐 갔다 올 데가 있어. 금방 갔다 올 테니까 보늬한테 잘 얘기해 줘."

나는 무작정 곤지산 쪽으로 뛰어갔다.

"야, 가긴 어딜 가? 나보고 어떡하라고?"

나는 승규가 지르는 소리를 뒤로하고 정신없이 뛰어갔다. 가면서도 곤지산 난간에서 눈을 떼지 않았다. 하얀 물체는 다행히 이동하지 않았다. 제발 저 흰옷이 녀석과 하등 관계가 없기를 바라며, 있는 힘껏 산을 올랐다.

헉헉!

산꼭대기에 오르자마자 난간으로 달려갔다. 그곳에는 난간에 아슬아슬하게 엉덩이를 걸치고 앉아 전주천을 물끄러미 바라보는 녀석이 있었다.

"너 왜 아직도 집에 안 갔어?"

타박하듯 물으며 녀석의 뒤에 섰다. 자칫 중심을 잃기라도 해서 산 아래로 굴러떨어질 것만 같아 불안했다. 나도 모르게 녀석에게 손을 뻗었다.

"기억이 나야 가지. 게다가 여기서 한 발자국이라도 움직이려고 하면 누군가 내 발목을 잡는 거 같아서 도저히 빠져나갈 수가 없구나."

녀석은 울상을 지으며 산 아래를 내려다봤다. 전주천은 녀석의 시선은 아랑곳없이 무심히 흘렀다. 괜한 소리를 해 녀석을 더 심란하게 만든 건가 싶어 미안해졌다. 축 처진 녀석의 어깨에 손을 올리는데 도서관으로 난 샛길 쪽에서 두런두런 사람 목소리가 들렸다. 누군가 싶어 고개를 기울이는 순간 가슴이 덜컥 내려앉았다. 서둘러 녀석을 끌고 계단으로 내려가 몸을 숨겼다.

"왜 이러는 거냐? 무슨 일이더냐?"

"쉿!"

내가 녀석의 입을 틀어막는 사이 교복을 입은 한 무리의 아이들이 아까 우리가 있던 자리로 왔다. 구레나룻을 타고 식은땀이 쭉 흘러내렸다. 녀석은 영문도 모른 채 바짝 긴장한 날 보며 더 긴장했다.

"야, 오늘 그 새끼들 뭉개 버리는 게 어때?"

텁텁한 목소리가 들려왔다.

"오늘은 아냐? 그리고 그건 경준이랑 태호가 할 거니까 신경 꺼!"

이 목소리는 분명 세형이 형이었다. 그러니까 저기 있는 애들은 '존잘쌈' 모임이 틀림없다. 고개를 쭉 뺐다. 세형이 형을 비롯해 모두 셋이다. 학교에 있을 시간에 산에 올라와 담배나 피는 녀석들을 보고 있자니 한숨이 나왔다.

"야! 중딩 새끼들한테 뭘 맡겨?"

"흐흐. 그런 지저분한 일은 녀석들한테 맡기는 거야. 우리는 손 안 대고 코 풀고."

세형이 형의 능글맞은 웃음소리가 들렸다. 대체 경준이와 태호가 할 지저분한 일이 무얼까? 귀를 쫑긋 세웠지만, 그 이상의 정보는 서로 나누지 않아 실패였다.

그때였다.

"이 녀석들. 지금 여기가 어디라고 담배를 태우고 있어. 너희들 어느 학교 애들이야?"

잔뜩 화가 난 목소리가 형들 목소리를 뚫고 튀어나왔다.

"당장 담배 안 꺼!"

다시 고개를 쭉 빼서 보니 등산복을 입은 아저씨가 등산 스틱을 흔들며 형들을 마구 혼내고 있었다.

"아씨! 아저씨가 뭔데 이래라저래라해요?"

바지를 쫄바지처럼 줄여 입은 형이 말했다.

"뭐 뭐라고? 이 놈이. 산에서 담배 피우면 벌금이 얼만 줄이나 알고 있어? 안 되겠다. 경찰에 신고하든가 해야지."

아저씨가 핸드폰을 꺼내 들자, 잔뜩 건방진 포즈를 취하던 형들이 담배를 난간 나무에 비벼 껐다. 그리고 도서관 쪽으로 냅다 도망치기 시작했다.

"저 저 녀석들. 거기 안 서!"

아저씨가 소리를 꽥꽥 질렀다. 나는 녀석을 끌고 산 위로 올라섰다.

"넌 또 뭐냐? 너도 저 녀석들하고 한 패거리냐?"

아저씨는 잔뜩 골이 난 표정으로 우리를 위아래로 훑었다.

"아, 아니에요."

다행히 아저씨는 우리를 더는 의심하지 않았다. 누가 봐도 세형이 형 무리와는 다르게 착하게 생긴 내 외모 덕분이리라. 때마침 핸드폰이 울렸다.

"단우, 너 적당히 하고 빨리 와라. 너 사라져서 보늬 곧 울기 직전이거든!"

핸드폰으로 애끓는 승규 목소리가 들렸다.

"야, 미안. 있다가 수업 끝나고 다시 올게. 간다!"

전화를 끊고 어리둥절해 있는 녀석의 등을 가볍게 두드린 뒤 애들이 있는 한옥 마을로 내달렸다. 모두 경기전 앞 벤치에 앉아 핸드폰을 보고 있었다. 보늬만 팔짱을 낀 채로 나를 흘겨봤다.

"너 어디서 뭐 하느라 늦게 와!"

승규가 보늬 눈치를 보며 내게 작게 속삭였다.

"미 미안. 어제 상한 걸 좀 먹었는지 완전 주룩주룩……."

"야, 나 막 상상되려고 하니까 그만해!"

승규가 눈을 흘겼다. 나는 입을 다물고 보늬를 쳐다봤다. 보늬가 들었는지 더 따져 묻지 않았다. 이럴 때 보면 보니는 꽤 센스 있다.

8

평일이라 그런지 수요일의 한옥마을은 한산해 보였다. 그러나 방심하긴 이르다. 전동성당과 경기전 광장에 관광객이 많이 안 보여도 음식점이 늘어선 중앙초등학교부터 공예품전시관까지는 그야말로 북새통을 이룬다.

그런데 오늘은 웬일로 관광객이 많지 않았다. 문어꼬치와 오징어튀김 집 주변만 빼고 말이다. 그 근처를 지나는데 불에 구운 고기와 고소한 튀김 냄새에 배에서 하수구 물 빠지는 소리가 났다. 애써 아무렇지 않은 척하는데 승규가 문어꼬치 가게 앞을 기웃거렸다.

"한승규, 빨리 안 오고 뭐 해?"

보늬가 이맛살을 찌푸렸다.

"딱 하나만 사 먹으면 안 될까? 간식 같은 거 사 먹지 말라는 말은 없었잖아."

"안 돼!"

보늬가 단호하게 말하자 승규가 아쉬운 듯 입맛을 다시며 돌아섰다. 보늬는 작게 한숨을 내쉬고는 다시 앞서 걸었다. 나는 승규 뒤통수를 가볍게 치며 빨리 가라고 눈짓을 했다. 그런데 복병은 따로 있었다. 세희와 학준이었다. 아까부터 둘은 뭐가 좋은지 이어폰을 하나씩 나눠 끼고서 머리를 맞대며 낄낄거렸다. 보늬가 부르는 소리에도 눈길조차 주지 않았다. 보늬는 포기했는지 혼자 앞장서서 걸어갔다.

"너 재네 사귀는 거 아냐?"

승규가 세희와 학준이를 힐끔거리며 내게 귓속말을 했다. 두 사람을 다시 봤다. 키도 비슷하고 얼굴도 까무잡잡해 한 쌍의 바퀴벌레 같았다. 신고 있는 신발도 똑같았다. 좋아하면 닮는다는데 나는 이걸 지금 알았다.

"완전 눈꼴시어 아무도 저 둘을 모둠에 안 넣으려고 하는 걸 보늬가 넣어 준 거래."

"왜?"

"왜긴 왜겠냐? 보늬가 마음 약한 탓이지."

보늬의 뒷모습을 보며 피식 웃었다. 머리를 잘라 좀 달라진 줄 알았는데 착각이었다. 머리가 길든 짧든 역시 보늬는 마음이 연두부다.

공예품전시관과 오목대관광안내소를 지나 오목대에 올랐다. 이곳에서 육교를 건너 비탈진 길을 내려가면 자만벽화마을이 나온다. 산을 따라 층층이 지어진 집들이 한눈에 들어왔다.

"각자 자기 할 일 알고 있지? 흩어져서 조사하고 30분 후에 여기서 보는 거야?"

보늬가 시계를 보며 당부했다. 세희와 학준이는 여전히 핸드폰에 빠져 있었다. 보늬가 허리에 손을 올리더니 그 앞으로 갔다.

"너희 둘, 자꾸 핸드폰 할 거야?"

"하라는 것만 하면 되는 거지. 우리가 핸드폰을 하든 말든 무슨 상관이야?"

학준이가 눈을 부라렸다.

"자꾸 내 말 안 들으면 선생님께 말한다!"

"초딩처럼 왜 이래? 네가 이르면 우리 모둠 단체로 점수 깎일걸! 그래도 좋으면 이르던가."

학준이가 모둠 점수를 들먹이자 보늬는 곧 울 것 같은 표정을 지었다. 뻔하다. 저러다 결국에는 주저앉아 찔찔 짤 테지.

"그만하라잖아?"

나는 학준이 손에 든 핸드폰을 낚아챘다. 그런데 그만 핸드폰이 붕 떠서 바닥으로 떨어졌다.

"내 핸드폰!"

핸드폰을 내려다보는 학준이 얼굴이 사색이 됐다. 세희가 냉큼 핸드폰을 줍더니 가로로 금이 간 액정을 학준이 얼굴에 들이댔다. 학준이 얼굴이 용광로처럼 시뻘게졌다.

"이거 엊그제 산 최신폰인데?"

보늬 눈물을 막으려다 학준이 눈물 바람을 보게 될 줄이야 누가 알았겠는가.

"단우 넌 오나가나 말썽이니? 이거 완전 비싼 핸드폰이란 말이야."

세희가 학준이 핸드폰을 내게 들이밀며 따져 물었다. 남자친구 폰을 마치 제 폰인양 흥분하는 세희 모습에 기가 턱 막혔다.

"그러니까 핸드폰 하지 말랬잖아. 너희들 때문에 벌써 돌아갈 시간이라고."

보늬는 우리 넷을 돌아보며 버럭버럭했다. 그리고 나를 째려봤다. 빨리 수습하라는 일종의 압박처럼 느껴졌다.

"해 핸드폰……."

자존심 상하게 말을 더듬고 말았다. 그래서 그까짓 핸드폰 액정 값 물어 준다고 하려는데, 승규가 학준이 핸드폰을 덥석 가져갔다. 이건 또 무슨 시츄에이션. 곤란할 때마다 도와주는 건 고마운데 핸드폰 액정 값을 내준다고 하려는 건가? 이건 아니다. 내 일은 내가 알아서 한다. 그런데 승규가 굳이 그러겠다면 못 이기는 척 다음에 갚는다고 해도 될 것 같았다. 지금 상황에 엄마한테 친구 핸드폰까지 망가뜨렸다고 말할 염치가 없었다.

"이럴 줄 알았어."

승규가 코웃음을 치더니 핸드폰 액정에서 투명 딱지를 들춰냈다. 학준이가 자기 핸드폰 더 망가뜨릴 거냐며 악을 써도 승규는 가차 없었다. 곧 승규 손에 두 개로 쪼개진 보호 필름이 들렸다. 학준이 눈이 휘둥그래졌고 내 눈은 잘은 몰라도 그것보다 백배는 커졌을 거다.

"봐 봐. 액정이 깨진 게 아니라 보호 필름이 깨진 거잖아."

학준이에게 핸드폰을 건네고 손을 탁탁 터는 승규가 독립운동가 맞먹을 정도로 멋져 보였다. 하마터면 승규를 안고 뽀뽀를 해줄 뻔했다. 핸드폰을 받아든 학준이도 나랑 같은 느낌인지 승규를 보는 눈이 따뜻했다.

"우리 이러지 말고 같이 다니는 건 어떠냐? 각자 조사하면 재미없잖아."

승규가 분위기를 바꾸고 싶었는지 새로운 제안을 했다. 세희가 먼저 흔쾌히 그러자고 했다. 조금 전까지만 해도 쩔쩔매던 보늬 얼굴이 한층 더 밝아진 덕분인지 내 기분도 덩달아 좋았다.

비탈길을 따라 마을 가장 높은 곳으로 올라가 아래를 내려다봤다. 오래된 집들이 어깨동무를 하며 산 아래를 굽어보는 듯했다. 꼬불꼬불한 골목길을 따라 걸으며 사진을 찍었다. 찍으라고 해서 찍었는데 찍다 보니 벽화 마을의 모습이 참으로 다양하다는 느낌이 들었다. 담벼락이며 돌계단, 창문에 그려 놓은 그림들은 마을을 한 편의 그림책처럼 보이게 했다. 조금 북적이는 한옥 마을과 달리 고요를 담고 있는 이 마을이 이상하게도 좋아지려고 했다. 녀석에게 이 마을을 보여 주면 기분이 좀 더 나아지지 않을까 싶기도 했다. 한가롭고 평화로운 마을을 지나쳐 멀리 곤지산을 바라봤다.

곤지산에 기억을 찾지 못해 헤매는 녀석을 생각하니 또다시 아빠가 생각난다. 아빠의 영혼도 히말라야 다울라기리 어디쯤에서 길을 못 찾고 헤매고 있지는 않을까? 어쩌면 녀석처럼 자기 이름을 잊어버려 집에 못 오는 건지도 모른다. 거긴 아빠를 아는 사람도 없으니까. 설령 안다고 해도 말이 통하지 않을 테니 막막하기 이를 데 없겠다 싶다. 이런, 자꾸 아빠를 이해하려고 하다니. 나는 세차게 머리를 저었다. 아빠를 잊기로 했는데 요즘 들어 자꾸 생각나는 건 어쩌면 녀석 때문인지도 모른다. 빨리 녀석을 집으로 돌려보내지 않으면 나도 모르게 아빠를 용서할지도 모른다. 그런 일은 있어서도 있을 수도 없는 일이다.

"무슨 생각해?"

보늬가 옆으로 오더니 나지막이 물었다.

"아무 생각 안 해!"

"난 네 생각했는데."

나도 모르게 주위를 둘러봤다. 다행히 다들 사라지고 안 보였다. 이럴 땐 어떤 표정을 지어야 할까? 대체 내 생각은 왜 하는 거냐고?

"네가 안 나오는 며칠이 좀 심심했어. 너 지켜보는 재미가 쏠쏠했거든."

"스토커냐? 날 왜 지켜보는데?"

내가 아는 애가 맞나 싶어 보늬를 다시 쳐다봤다. 수줍어할 줄 알았는데 의외로 덤덤한 표정이다. 여태 속은 건가 싶어 오싹했다.

"나 너 좋아하거든."

토르의 망치로 맞은 것 같은 충격이 온몸으로 전해졌다. 잠깐 몽롱해졌다가 정신을 차렸을 때는 다람쥐처럼 쪼르르 달려가는 보늬의 뒷모습이 보였다. 당장 쫓아가서 헛소리 집어치우라고 하고 싶었는데 말도 안 되는 일이 일어났다. 자꾸 보늬 말이 머릿속에 맴돈다는 거다.

'미쳤어! 너 보늬 같은 애 제일 싫어하잖아. 정신 차려!'

양손으로 볼을 찰싹 소리 나게 때리고 나서 보늬 뒤를 쫓아갔다. 구불구불한 골목길을 따라 내려가는데 주머니에 든 핸드폰이 울렸다.

"단우야, 너 빨리 병원에 가야겠다."

담임의 다급한 전화에 하마터면 비탈진 골목을 구를 뻔했다.

곧장 병원으로 달려갔다. 5층에 있는 병실에 가기 위해 엘리베이터 앞에 서 있는데 갑자기 겁이 났다. 엘리베이터 대신 계단을 택했다. 갑자기 쓰러졌다고 했으니 상태가 많이 안 좋은 게 분명하다. 그 모습을 보기가 겁이 났다.

503호.

병실 문은 열린 채였다. 병실에 들어가기 전에 벽에 몸을 바싹 붙이고 숨을 골랐다. 누워 있는 엄마를 보고 혹시라도 눈물이 벌컥 나올까 봐 걱정됐다. 물론 내 눈물은 예전에 다 말라서 나올 눈물이 없다. 그래도 모른다. 마른하늘에 날벼락처럼 나올지도.

눈에 단단히 힘을 주고 병실로 들어가려는데 귀에 익은 목소리가 엄마 목소리와 섞여 들려왔다. 나는 이모라는 걸 단박에 알았다. 한 달 전 2년 만에 중국에서 돌아온 이모는 승진과 이사로 바빠서 우리가 사는 전주에 내려올 새가 없었다. 매번 전화로 곧 내려온다고 약속만 하던 이모였기에 너무 반가워 병실로 뛰어 들어가려는데 들리는 대화에 반가움을 뒤로 하고 도로 벽에 몸을 붙였다.

"언니, 대체 왜 이렇게 사는 거야? 훌훌 버리고 편하게 좀 살아. 언니가 이러니까 단우가 자꾸 엇나가잖아."

"……."

"솔직히 형부 그렇게 된 게 언니 탓이야? 형부 스스로 만든 거지. 단우한테 미안해할 사람은 언니가 아니고 형부라고. 근데 왜 그렇게 단우 앞에서 쩔쩔매며 사는 건데?"

"엄마가 부실하잖아."

"언니가 뭐가 부실해. 형부만 아니었으면 언니가 수면제며 신경 안정제에 매달리며 살 이유가 뭐 있어. 나 솔직히 단우가 점점 미워져. 아빠가 그렇게 됐으면 저라도 엄마를 잘 다독이고 보살필 생각을 해야지. 저만 힘든 것처럼 툴툴대고 말썽이나 일으키고 다니고."

"그만해. 단우 들으면 어쩌려고."

엄마가 힘없는 목소리로 이모 말을 막았다.

"언니가 경준인가 뭔가 하는 애 엄마한테 찾아가서 무릎 꿇고 사과까지 했다며. 단우 담임한테 다 들었어. 그 얘기 듣는데 단우가 내 조카 맞나 싶더라니까. 단우 그런 애 아니었잖아. 세상 누구보다 엄마 아빠를 사랑하고 이해하던 아이가…….”

“미경아, 그만하라고. 너 자꾸 그럴 거면 서울 가. 나 괜찮으니까.”

“언니, 우리 좀 솔직해지자. 사실 언니도 단우 때문에 많이 힘들잖아. 언니가 잠 못 자고 우울증인 거 형부 때문만은 아니잖아. 단우가 자꾸 비뚤게 자라니까 힘들잖아!”

“네가 뭘 알아?”

“왜 몰라. 언니도 잘 알고 단우도 잘 알아. 두 사람 정말 한 치도 안 틀릴 정도로 똑같은 거 알아? 힘들다고 자기 학대도 모자라 서로에게 고통이나 주고.”

“내가?”

“아니라고 생각해? 언니, 언니가 이러면 단우는 점점 더 엇나가. 단우를 붙잡아 줄 사람은 언니뿐이야. 언니가 흔들리니까 단우도 흔들려.”

엄마는 이모 말에 대꾸를 못 했다. 왜 못할까? 엄마 때문이 아니라 사실 아빠 때문이고 나 때문이라고. 병실에 들어가는 대신 밖으로 나왔다. 하늘은 황혼으로 붉게 물들어 있었다. 어느 나라에서는 이 시간대를 ‘개와 늑대의 시간’이라고 했던가. 내 그림자가 나인지 아닌지 알 수가 없었다.

9

우동 알씨 프로젝트는 어찌어찌 끝났다. 보늬의 고백 같지 않은 고백이 숙제로 남았지만, 난 아니라고 관심 없다고 하면 끝이다. 다행히 보늬는 자기 고백 이후로 나를 피했다. 저도 말해 놓고 후회하는 게 분명하다.

문제가 생긴 건 다음 날부터다. 보늬가 자꾸 눈에 걸리적거렸다. 정확히 말하면 내 의지와 상관없이 눈동자가 자꾸 보늬를 따라간다는 사실이다. 이런 몹쓸 놈의 눈구녁 같으니라고. 아니다. 이건 눈이 문제가 아니라 뇌가 문제다. 연가시처럼 동물의 몸을 숙주로 삼아 물로 뛰어들게 만드는 수작과 비슷하다. 나는 뇌의 조종을 막기 위해 숫자가 빽빽한 수학책으로 눈을 돌렸다. 숫자를 보면 뇌가 마비될 거고 그러면 제 기능을 다 하지 못할 수 있다.

수학책을 뚫어지게 봤더니 눈이 시리다 못해 아프기까지 했다. 하지만 이런 노력에도 불구하고 어디선가 보늬 목소리가 들리면 허망하게 보늬 쪽으로 눈이 돌아가 버린다는 거다. 다행인 건 보늬와 눈이 마주치면 제자리로 돌아오는 놀라운 회귀 현상을 보인다는 사실이다. 보늬는 아마도 '그럼 그렇지. 나 같은 애가 절 좋아한다는데 마음 흔들리지 않을 도리가 있겠어' 하며 의기양양한 표정을 짓겠지. 천하에 강단우가 이게 무슨 추잡의 극치란 말인가.

수업이 끝나자마자 제일 먼저 교실을 뛰쳐나왔다. 보늬하고 마주쳐서 좋을 일이 없을 거 같았다. 날 붙잡는 승규 목소리가 뒷덜미를 때렸지만, 무시하고 곤지산으로 내달렸다. 며칠은 더 가야 할 상담 시간까지는 아직 한 시간이 남는다. 그 시간이라면 녀석이 있는지 없는지 확인하고도 남는다.

헉헉대며 산 아래에 도착했다. 산 아래 입구에 한 무리의 어른들이 등산복을 입고 종이를 손에 든 채 서 있었다. 그들 앞을 막 지나치는데 해설사인 아저씨가 어른들을 두고 하는 얘기가 들렸다.

"곤지산 자락은 아주 오래전 천주교 신자들의 순교 터였습니다."

그건 나도 입구에 세워진 팻말과 승현 아저씨한테 들어서 아는 내용이다. 더 새로운 내용이 있을까 싶어 괜스레 주머니에 손을 찔러 넣고 주변을 어슬렁거렸다.

"오래전 곤지산은 전주천 쪽으로 깎아지는 절벽에 있었죠. 항상 이끼가 끼어 있었다고 해서 초록바위로 불렸다고……."

귀를 쫑긋 세우고 듣는데 길옆으로 초등학생으로 보이는 아이들이 무리 지어 지나갔다. 모두 남자아이들이었는데 게임 얘기에 빠져 저희끼리 낄낄거렸다. 아이들이 내 옆을 지나가는 사이 어른들은 해설사를 따라 산모퉁이를 돌아 사라졌다.

전날 밤에 내린 비 때문인지 산 정상은 물이 고여 군데군데가 질펀했다. 웅덩이를 피해 녀석이 있을 만한 곳을 찾았지만, 그림자조차도 눈에 안 띄었다.

도서관으로 가는 샛길로도 가 보고 숲길 산책로도 가 봤지만 헛수고였다. 아무래도 기억이 떠올라 집으로 간 게 아닌가 싶었다. 그래도 그렇지 말이라도 좀 해 주고 가면 안 되나? 아니면 간다는 흔적이라도 남기고 가던가. 좀 괘씸했다. 녀석을 걱정하느라 소모해 버린 에너지를 다시 주워 담을 수도 없고.

"에이. 나쁜 놈!"

침을 퉤 뱉고 돌아서는데 녀석과 자주 앉던 벤치 아래에 뭔가가 반짝였다. 내려가는 걸 미루고 벤치로 다가가 쪼그려 앉았다.

벤치 아래에 자란 잡초들 사이에 낯익은 봉지가 보였다. 손을 넣어 꺼내 봤더니 어제 주고 간 간식과 둘째 날 줬던 빵이었다. 남들 눈에 띄지 않게 일부러 깊숙이 숨겨 놓은 듯했다. 나는 빵이 든 봉지를 손에 쥔 채 벤치에 털썩 앉았다.

"먹고 가지. 이런 걸 여기 왜 숨긴 거야!"

정말로 갔다는 판단이 서자 서운함이 밀려왔다. 봉지를 주머니에 아무렇게나 쑤셔 넣은 채 전주천이 보이는 난간으로 갔다. 햇빛에 반짝이는 강물은 아무것도 모른다는 듯 잔잔히 흘렀다. 이렇게 헤어질 거였으면 녀석에게 모질게 구는 게 아니었는데 후회가 됐다. 아무리 미친 소리를 해도 참았어야 했다. 참지 못해 꼭 일을 그르친다. 경준이가 아빠를 두고 놀릴 때도 참았어야 했고, 경준이가 세형이 형을 데려와 날 협박할 때도 참았어야 했다. 아빠가 늘 했던 얘기가 있다. 참는 게 이기는 거라고. 날 괴롭히는 상대를 대할 때는 용서가 가장 큰 힘이라 했다. 그땐 너무 어려서 무슨 말인지 몰랐는데, 두 번의 학폭위 가해자가 되니 알 것도 같았다.

"녀석에게 화를 내지 말았어야 했어."

손목에 찬 묵주 팔찌를 만졌다. 이걸 보고 좋아했던 녀석을 떠올리니 기분이 착잡했다. 한숨을 푹 내쉬는데 얼음장처럼 차가운 무언가가 어깨에 얹어졌다. 순간 소름이 돋았다. 바짝 긴장하고서 뒤를 돌아봤다. 상대를 확인하는 순간 온몸에 힘이 풀려 잠깐 휘청거렸다.

"이런 미친 새끼가 다 있어!"

반가우면 와락 껴안거나 좋아해야 맞지 않나. 그런데 어제보다 더 처참해진 녀석의 몰골에 나도 모르게 소리부터 빽 나왔다. 녀석은 놀라지도 않았다. 화를 내지도 울상을 짓지도 않았다. 감정 없는 로봇처럼 표정이 회색빛이었다. 게다가 비 맞은 강아지처럼 온몸이 축 늘어져 바들바들 떨었다. 볼은 푹 패여 십 년은 늙어 보였고, 뼈마디가 툭툭 붉어진 손은 마른 장작 같았다. 얼른 겉옷을 벗어 녀석에게 입히고 가까운 벤치로 데려갔다. 녀석은 아무 말 없이 내가 하는 대로 내버려 두었다.

"어디 있었어? 난 너 간 줄 알았잖아!"

녀석에게 따지듯 말했다.

"뭔가가 생각났는데 그 생각을 할 때마다 가슴이 벌렁거리고 마구 뛰어서 가만히 있을 수가 없어서 이 주변을 좀 돌아다녔어."

녀석의 목소리가 가늘게 떨렸다.

"생각났다고?"

"응, 내 성이 뭔지 알았어."

"이름도 아니고 성이 기억났다고? 무슨 성씨인데?"

"홍!"

아쉬웠지만 성을 기억해 낸 것만으로도 엄청난 성과가 아닐까. 담임이 항상 하는 말이 있다. 시작이 반이라고. 도덕이 전공인 담임이 수업 시작과 동시에 머리를 책상에 붙이고 꿈나라로 교신을 시도하는 아이들에게 하는 말이다. 시작했으니 반만 참으면 곧 종이 칠 거라고 고개를 쳐들라고 부르짖었다. 불행한 건 누구도 담임의 회유에 넘어가지 않는다는 거다. 중 2는 산타클로스를 믿는 유치원생이 아니다. 중 2란 족속은 자기를 둘러싼 지극히 현실적인 일상들을 거부하고 초자연적 현상을 들먹거리고 음모론으로 일축하는 비정상적인 부류에 속하기 때문이다. 이런 탓에 담임은 조는 애들을 깨우고 달래고 사탕으로 회유하는 온갖 방법을 동원하지만 단 한 번도 성공한 사례가 없다.

나는 흥분해서 발을 바닥에서 톡톡 차올렸다.

"어떻게 생각난 건데?"

"네 말대로 기억을 떠올려 보려고 노력했더니 언뜻 아버지께서 내 책이라며 주신 낯선 글자들이 적힌 언문(한글) 책 안쪽에 쓰인 '홍' 자가 선명하게 떠올랐어."

녀석은 큰일을 해낸 사람처럼 득의양양했다. 나도 덩달아 기뻐서 '참 잘했어요' 도장을 찍어 주고픈 충동이 일었다. 당장이라도 녀석의 가족을 찾아 줄 수 있을 거란 희망에 가슴이 뛰었다. 아빠가 책을 줬다고 하는 걸 보니 폭력 아빠는 아닌 듯했다. 징조가 좋았다.

"다른 건. 다른 기억은?"

"저 강물."

녀석이 내 손을 잡아끌어 전주천을 가리켰다.

"여기 서서 저기 저 흐르는 물을 내려다보는 내 모습이 기억났어. 이상한 건 내가 기억하는 저 천변의 모습이 지금과 아주 다르다는 거지."

이건 또 무슨 말이지? 딴 천변을 보고서 이 천변이라고 착각하는 건 아닐까 하는데 녀석이 말을 이었다.

"내 주변에는 사람이 아주 많았지. 그들도 모두 나처럼 찢어진 옷에 머리는 산발하고 겁에 잔뜩 질려 떨고 있었단다."

기억 때문인지 녀석이 몸을 심하게 떨었다. 나는 짐작이 잘되지 않았다. 녀석이 말하는 많은 사람이 어떤 상황에 처해 있었기에 겁을 먹고 있었다는 걸까?

"더 있으면 다 말해. 녹음할게."

아무래도 정리가 필요했다. 녀석이 또다시 놀랠까 봐 녹음이 뭔지 설명하고 핸드폰을 꺼내 버튼을 눌렀다. 녹음 버튼에 불이 들어오자 녀석은 침을 꼴깍 삼키더니 말을 이었다.

"내게 나보다 한 살 어린 여동생이 있었던 것 같아. 아주 똑똑하고 가야금을 기가 막히게 잘 다뤘지."

녀석은 동생 얘기를 하며 눈시울을 붉혔다. 가야금 하니까 보늬가 생각났다.

"또 다른 건?"

"어머니와 밤이슬을 맞으며 자주 누군가의 집으로 갔는데 항상 사람으로 북적거렸어. 키가 구 척이고 코가 아주 큰 노란 머리의 사내도 함께였지."

"혹시 너희 부모님 사이비 종교를 믿는 건 아니지?"

TV에서 본 적이 있다. 사이비 종교 지도자들이 신도들을 현혹해 돈과 노동력을 빼앗고 멀쩡한 정신을 흩뜨려 놓는 것도 모자라 폭력을 일삼던 장면을. 그래도 키가 구 척이나 된다는 건 과장이다. 내 상식으로 구 척이면 2미터가 넘는 키다. 아니면 그 사람이 너무 위대해 보여서 저도 모르게 엄청 거대하게 보이는 착시 현상이 일어날 수도 있다. 흥미진진한 녀석의 말에 마른침을 넘기지도 못한 채 핸드폰을 꽉 쥐었다.

"거기가 어딘지는 기억나?"

"거기까지는 기억이 안 나는구나. 하지만 네 손목에 찬 것과 비슷한 팔찌는 또렷하게 기억났어."

처음 봤을 때도 녀석은 묵주 팔찌에 관심을 가졌었다. 나는 묵주 팔찌를 빼서 녀석 손에 쥐여 줬다. 녀석이 팔찌를 손에 걸고 엄지손가락으로 구슬 한 알 한 알을 세며 지그시 눈을 감았다. 순간 녀석의 입에서 알아들을 수 없는 말이 새어 나왔다.

"우리 어머니 손목에도 이와 비슷한 팔찌가 걸려 있었지. 어머니는 밤만 되면 우리 오누이들을 모아놓고 재미있고 흥미로운 이야기를 들려주었어. 어머니의 음성은 잔잔한 냇물 소리 같아서 나와 동생들은 자장가 삼아 잠을 청하곤 했지."

엄마 얘기에 녀석의 눈가가 금세 붉어지면서 촉촉해졌다. 엄마가 참 다정했나 보다. 다행이다. 내내 걱정했던 일이 의외로 쉽게 풀리는 기분이었다. 그런데 갑자기 녀석의 기억에 의심이 들었다. 어제까지만 해도 기억이 전혀 안 난다더니 갑자기 모든 기억이 들불 번진 듯 한꺼번에 생각날 수 있는 걸까? 혹여 조작된 기억 아닐까?

"방금 말한 그 기억, 진짜 기억이라고 생각해? 혹시 만들어 낸 기억 아냐?"

어렸을 때 엄마 아빠랑 놀이동산에 간 기억이 있다. 그걸 엄마한테 말했더니 우리 가족 모두가 놀이동산에 간 적은 한 번도 없다고 했다. 아빠는 항상 등반하러 가고 없었다고. 엄마는 너무 간절히 원하면 스스로 기억을 조작할 수도 있다고 했다. 나는 아니라며 화를 냈던 기억이 난다.

"또 내가 열다섯 살이라는 것도 생각났네. 그런데 열다섯 살이 되면……."

녀석의 낯빛이 순간 어두워졌다. 나는 침도 삼키지 못한 채 녀석을 빤히 쳐다봤다.

"열다섯 살이 되면 어떻게 되는데?"

물으면서도 겁이 났다.

"열다섯 살이 되면 죽을 거라고 했지."

"누가 그런 미친 소리를 해!"

나도 모르게 버럭 했다. 헛소리를 한 건 분명히 녀석에게 폭력을 행사한 대상일 것이다. 주먹 쥔 손이 부르르 떨렸다.

"나랑 당장 경찰서에 가자. 너한테 그딴 헛소리 한 사람 신고하게."

녀석의 손을 잡아끌었다. 녀석이 옅게 웃었다.

"걱정해 줘서 고맙네. 그런데 난 이상하게도 두렵지 않아."

"야, 네가 무슨 부처님, 예수님, 공자님이냐? 성인이냐고?"

녀석이 열다섯 살이라면 나와 같은 중학교 2학년이다. 한참 학교에 다녀야 할 녀석이 기억을 잃은 채 산을 헤매고 다니는 것도 정상이 아닌데 죽을 거라니. 녀석을 이렇게 만든 정체를 알 수 없는 그들 생각에 주먹에 힘이 들어갔다. 녀석은 나처럼 열다섯 살을 지옥에서 살게 해서는 안 된다. 열다섯 살의 지옥은 나 하나라도 충분하다. 빨리 막아야 한다.

"아무래도 너한테 무슨 일이 있었는지 알아야겠어. 오늘은 두

말 말고 나랑 여기서 내려가자."

우선 집으로 데려가서 깨끗이 씻기고 잠을 재워야겠다. 그러면 기억이 더 또렷해질지도 모른다. 그런 다음 녀석을 경찰서로 데려가서 신원 확인을 하고 폭력을 행사한 이를 찾아야 한다. 녹음했으니 금세 단서를 찾을지도 모른다. 해야 할 일을 생각하니 마음이 급해져 또다시 녀석의 손을 덥석 잡았다. 그런데 손이 너무 차가워서 나도 모르게 뿌리치고 말았다.

"네 손이 왜?"

순간 녀석의 몸이 점점 투명해져 갔다. 녀석의 몸을 통해 반대편 풍경이 또렷하게 보였다. 눈을 비볐지만, 상황은 변함없었다. 녀석도 점점 투명해지는 자기 몸을 보면서 겁을 먹었다.

"언제부터 이런 거야?"

떨리는 목소리로 물었다.

"네가 오기 전부터 몸이 이렇게 희미해졌다가 멀쩡해지기를 반복했어."

녀석은 마치 살아 있는 듯 살아 있지 않은 모습으로 내 앞에 서 있었다. 녀석의 몸을 만져 보려고 손을 뻗는데 등 뒤에서 개 짖는 소리가 들렸다.

천변에서 만난 곰인형 개였다. 문제는 지난번부터 개가 나만 보면 으르렁거린다는 거다. 아줌마가 목줄을 당기며 개를 진정시

켰지만 소용없었다. 그럴수록 개는 더 맹렬히 짖어 댔다.

개가 짖자 녀석이 겁을 먹고 슬금슬금 내 뒤로 숨었다. 일단 피해야 할 것 같아 녀석의 손을 잡고 도서관 쪽 길로 돌아섰다.

"학생, 조심해!"

아줌마가 와락 소리쳤다. 뒤를 돌아보니 목줄이 풀린 개가 우리를 향해 전속력으로 뛰어오고 있었다. 도망쳐야 한다는 뇌의 명령에도 겁먹은 다리는 꿈쩍 안 했다. 그런데 개가 물려는 대상은 내가 아니었다. 개는 정신없이 달려와 녀석의 다리를 사정없이 물었다.

"으악!"

소리를 지르는데 눈앞에 믿기지 않은 일이 일어났다. 개에게 물려 피를 뚝뚝 흘릴 거로 생각했던 녀석의 몸이 멀쩡했다. 아니 정확히 말하면 개는 아무것도 물지 못했다. 마치 그림자를 때려잡기 위해 땅바닥을 망치로 내려치는 것과 같은 모양새였다.

"이 이게 무슨 일이지?"

놀란 건 나뿐만이 아니었다. 녀석도 멀쩡한 자기 몸을 내려다보며 어리둥절했다. 아줌마가 헐레벌떡 달려와 개 목줄을 잡아챘을 때야 정신이 돌아왔다. 아줌마에게 끌려가면서도 개는 분이 풀리지 않는지 사납게 짖어 댔다.

"미안해. 갑자기 우리 개가 달려들어서 많이 놀랐지?"

아줌마는 목줄을 손에 단단히 감으며 말했다.

"네? 네."

나는 녀석의 다리를 보고 괜찮다고 말했다. 녀석은 여전히 겁에 질린 표정을 풀지 못했다.

"마루, 너 왜 그래? 갑자기 이러는 이유가 뭐야?"

곰인형 개 마루는 아줌마 품에 안겨서도 녀석을 향해 으르렁댔다. 마루의 흥분이 쉬 가라앉지 않자 아줌마가 마루를 안고 계단 쪽으로 황급히 걸어갔다. 막 계단을 내려가던 아줌마가 내게 한마디 했다.

"그나저나 넌 이 시간에 혼자 여기서 뭐 해? 학교에 있을 시간 아니니?"

나 혼자라고?

"뭐 내가 상관할 바는 아닌데 저번에도 학교에 있을 시간에 천변 돌아다니고 오늘은 또 산에 있고. 학생 같은데 무슨 일인지 몰라도 걱정거리가 있으면 엄마나 선생님들께 말을 해. 혼자 끙끙대지 말고. 괜히 이런 곳에 혼자 있다가 일내지 말고."

미안하다더니 다 거짓말이었다. 아줌마는 돌다리에서 만날 때부터 날 문제아로 봤던 거다. 그때 날 못마땅하게 보던 눈빛이 이제야 기억이 났다.

아줌마가 가고 나자 나는 녀석을 바라봤다. 녀석은 넋이 나간 채 멍하니 서 있었다. 다시 봐도 녀석의 몸은 어디 하나 다친 데가 없었다.

"아까 개 말이야."

녀석이 먼저 말문을 열었다.

"너도 봤지? 날 물려고 했는데 못 물었었던 거. 그건 내가……."

녀석은 차마 뒷말을 잇지 못하고 고개를 숙였다. 아줌마가 내게 했던 말이 떠올랐다. 여기서 혼자 뭐 하냐는 말. 아니다. 그럴 리가 없다. 이렇게 내 눈앞에 멀쩡히 살아 움직이는데 녀석이 보이지 않는다니. 녀석과 헤어지고 내려오니 벌써 주변이 어둑어둑해졌다. 내 마음은 그보다 더 어둡고 우울했다.

산에서 내려와 가로등이 켜진 길을 따라 걷는데 오토바이 시동 소리가 들렸다. 소리 나는 쪽을 보는데 골목 입구에 껄렁해 보이는 애들이 삼삼오오 모여 있었다. 무리 진 애들은 무조건 피하는 게 상책이다. 도로를 건너 반대편 길로 걸어가 커다란 조형물 뒤에 숨어 무리를 살폈다. 역시나 '존잘쌈' 무리였다. 경준이 얼굴도 언뜻 보였다.

여태 관심 없어 몰랐는데 이 주변이 '존잘쌈' 무리가 접수한 동네인가 보다. 어제도 보더니, 오늘도 녀석들과 만날 줄이야. 옷에 달린 모자를 푹 눌러 쓰고 고개를 숙인 채 걸었다. 거리가 너무 한산해서 그들이 하는 얘기가 낱낱이 다 들렸다.

"깽준, 너 저 새끼 까불지 못하게 꽉 밟아 버리라고 했어 안 했어?"

곁눈질로 보니 말을 한 사람은 어제 본 쫄바지 형이었다. 형이 오토바이에 탄 채로 경준이 정강이를 뾰족한 구두 앞코로 콕콕 찔러 댔다. 경준이는 입술을 깨문 채 뒷짐을 지고 있었다. 경준이 옆에는 태호로 보이는 아이가 엎드려뻗쳐 자세를 하고 있었다. 오래 그러고 있었는지 멀리서도 팔이 후들거리는 게 보였다.

"이 새끼들이 꿀을 먹었나 왜 말을 안 해!"

쫄바지가 아까보다 더 세게 경준이 정강이를 걷어찼다. 경준이는 인상을 쓰며 뒤로 한 발 물러났다.

"아쭈! 피해?"

쫄바지가 정색하더니 오토바이에서 내려 경준이 앞으로 바싹 다가섰다.

그냥 '지나쳐 가자!' 다짐해 놓고 쫄바지가 경준이 뒤통수를 사정없이 후려치는 순간 나도 모르게 핸드폰을 꺼내 동영상 버튼을 눌렀다. 쫄바지는 머리도 모자라 경준이 배에 펀치를 날렸다. 강력 펀치였나 보다. 경준이가 허리를 굽힌 채 꼼짝을 안 했다. 세형이 형은 불구경하듯 담배를 물고 벽에 등을 댄 채 잔뜩 폼을 잡았다. 나는 그 모습도 놓치지 않고 촬영했다.

"야, 이제 그만해. 국회의원 아드님 거칠게 다루면 너 다쳐!"

세형이 형 한마디에 쫄바지가 바닥에 침을 퉤 뱉으며 물러섰다.

"경준, 괜찮냐?"

"네. 형!"

세형이 형이 챙기는 척 경준이 등을 토닥였다. 경준이는 애써 허리를 펴더니 태호를 쳐다봤다. 태호는 그때까지도 엎드려뻗쳐를 한 채였다.

"경준아, 저 새끼 내일 담배 할아버지 가게 앞으로 데려와. 그리고 내가 말한 거 시켜. 안 그럼 죽는다고. 알았지?"

경준이가 세형이 형 말에 고개를 끄덕였다. 아무래도 태호가 세형이 형 명령을 어겼나 보다. 세형이 형이 고개를 까딱하자 쫄바지가 태호를 발로 밀었다. 쓰러진 태호는 꼼짝하지 않고 누워 있었다.

"이 새끼야. 일어나!"

들었을 텐데도 태호는 일어나지 않았다. 경준이가 귀에 대고 뭐라고 하는데도 안 일어났다. 순간 모두의 얼굴이 딱딱하게 굳었다. 경준이가 태호를 흔들었다.

"병신 새끼야, 안 일어나! 이게 어디서 구라질이야!"

세형이 형이 경준이를 밀쳐 내더니 태호를 힘껏 걷어찼다. 세형이 형 발길을 용케 피한 태호가 벌떡 일어나 도로 쪽으로 뛰어

갔다.

"저 새끼 잡아!"

세형이 형 한 마디에 쫄바지가 오토바이에 올라타 시동을 걸었다. 경준이가 뒤늦게 오토바이 뒤를 쫓았다. 건널목 앞까지 뛰어간 태호는 차가 오는 것도 안 보고 무작정 도로를 건넜다. 그걸 보는데 주먹 쥔 내 손에 땀이 찼다.

오토바이는 태호를 바짝 쫓았다. 태호는 죽을힘을 다해 뛰었다. 그런데 태호가 갑자기 내가 있는 쪽으로 방향을 틀었다. 이대로라면 태호와 마주치는 건 시간문제다. 순간 숨을까 말까 고민하는데 태호 뒤를 바짝 쫓던 오토바이가 갑자기 태호를 툭 쳤다. 태호가 자리에서 쓰러졌다. 쓰러진 태호를 본 쫄바지는 오토바이를 길바닥에 버리고는 저 혼자 한옥 마을 쪽으로 도망쳤다.

"기 기태야."

세형이 형이 쫄바지 형 이름을 불렀지만, 형은 뒤도 돌아보지 않았다. 뒤따라오던 경준이가 쓰러진 오토바이를 뛰어넘어 다리를 감싸고 구르는 태호에게 갔다.

"태호야!"

경준이가 부르는 소리에 태호는 대답 대신 신음을 했다.

"뭐야. 어떻게 된 거야?"

뒤늦게 나타난 세형이 형이 거친 숨을 몰아쉬며 물었다.

"아무래도 다리를 다친 것 같아요."

경준이가 울상을 지으며 말했다. 세형이 형이 태호를 힐끔 보더니 갑자기 경준에게 귓속말했다. 좋지 못한 얘기인지 경준이 얼굴이 점점 일그러졌다. 귓속말을 끝낸 세형이 형은 태호와 경준이를 두고 쫄바지가 도망친 반대 방향으로 뛰어갔다. 나는 동영상 촬영을 멈추고 전봇대에 몸을 바짝 붙였다. 세형이 형이 내 앞을 쏜살같이 지나갔다.

어떻게 해야 할지 판단이 안 섰다. 당장 119로 전화해야 한다는 건 아는데 핸드폰이 자꾸 손에서 미끄러졌다. 심호흡하고 겨우 119 버튼을 누르는데 끙끙대는 소리가 들렸다. 경준이가 태호를 등에 업고는 다리 쪽으로 걸어가는 게 아닌가.

"네! 119 안전센터입니다. 무엇을 도와드릴까요?"

핸드폰으로 차분하고 기계적인 목소리가 튀어나왔다.

"죄송합니다. 잘못 걸었어요."

멀어져 가는 두 사람을 보며 전화를 끊었다. 때마침 멀리서 경찰차 사이렌이 울렸다.

나는 집으로 도망치듯 뛰어갔다. 이불을 뒤집어쓰고 있자니 가슴이 너무 떨려 죽을 것만 같았다. 비겁하고 야비한 내 행동에 화가 났다. 아무리 미워도 태호를 경준이 혼자 업고 가게 둬서는 안 되었다. 도왔어야 했는데 둘이 날 괴롭힌 걸 생각하니 머뭇거려졌다.

경준이는 어쩌자고 태호를 업고 뛰었을까? 세형이 형이 경준이에게 뭐라 말했을까? 두 사람 생각에 머릿속이 복잡하다 못해 속이 뒤집어질 것만 같았다. 한바탕 뭔가를 게워 내고 나면 속이 좀 편안해질 것 같은데 아무것도 토해낼 수 없었다. 가슴이 답답했다. 동영상을 실행해 봤다. 영상 속 경준이 얼굴이 겁에 잔뜩 질려 있었다. 한 번도 보지 못했던 경준이 표정이 낯설었다.

10

주말 내내 경준이와 태호 일로 마음이 무거웠다. 꼼짝도 할 수 없었다. 녀석에게 가야 하는데 태호가 다친 순간이 자꾸 떠올라 도로 주저앉았다. 태호나 경준이한테 따로 연락할까도 생각했지만, 용기가 나지 않았다. 내가 봤다고 말할 용기도 없는 데다 다친 태호를 그냥 두고 집으로 도망친 비겁함도 들키기가 싫었다.

학교 가는 아침이 되자 눈이 저절로 떠졌다. 거실로 나가니 부엌에서 그릇 부딪히는 소리가 들렸다. 이모다. 병원에 입원한 엄마 대신 이모가 식사 준비를 하고 있었다. 다른 때 같으면 반갑게 이모에게 갔을 텐데, 병실에서 들은 이야기 때문인지 이모가 멀게 느껴졌다. 거실로 가 부엌 쪽을 봤다. 이모는 나무늘보처럼 느릿느릿 식사를 준비하는 엄마와 달리 아주 재빠른 폼으로 아침밥을 차리고 있었다.

"잘 잤니?"

이모가 밝은 목소리로 알은체를 했다. 나는 그제야 이모와 눈을 마주쳤다. 눈두덩이와 볼이 폭 패인 게 엄마와 닮은 이모. 나를 누구보다 이해해 주던 이모였지만, 이제 이모마저 나를 엄마 괴롭히는 패륜아 취급이다. 서운했지만 이모가 이해도 된다. 이모에게는 나보다 친언니인 엄마가 더 소중할 테니까.

"오늘은 미역국 끓여 놨으니까 감자볶음이랑 먹고 가. 그리고 엄마가 너 상담 시간 맞춰 가는 거 잊지 말래. 저번에도 안 갔다며?"

대답 대신 식탁 의자에 앉았다. 이모가 내 앞에 와 앉더니 한숨을 푹 내쉬었다. 엄마는 잔소리를 거의 하지 않는다. 이모는 엄마와 달리 말이 좀 많다.

"이모!"

이모가 눈을 동그랗게 떴다.

"왜?"

"엄마가 경준이 엄마 찾아가서 무릎 꿇었다는 거 정말이야?"

"그게 왜 궁금한데?"

"말해 줘."

"맞아. 걔네 아빠가 이 지역에서 유명한 국회의원이라며. 걔네 엄마가 자기 아들 괴롭힌 너 학교 못 다니게 할 거라고 길길이 날뛰어서 엄마가 가서 빌고 빌었다더라. 그 얘기 듣고 나 너 미웠어. 안 그래도 힘든 네 엄마를 아들인 네가 더 힘들게 할 수 있니? 네 엄마 말라서 산송장처럼 다니는 거 안 보여? 자식이라면서 네 엄마가 어떤지 안 보이냐고? 멀리 있는 나도 아는데 가장 가깝다는 너는 왜 못 보는데? 눈이 있으면 봐야 할 것 아냐. 하긴 눈이 있으면 뭐 해. 마음이 없는걸."

이모가 숟가락을 탁 소리를 내며 내려놓았다.

나는 이렇다 할 말을 찾지 못하고 입을 다물었다. 이모가 한 말은 틀린 게 없었다. 눈은 있지만, 눈은 이미 멀었고 마음마저 멀었으니까. 어제 쓰러진 태호를 보면서 가만히 있었던 것만 봐도 그랬다. 대체 무엇이 나를 이렇게 엉망으로 만든 걸까? 아빠였을까? 아니면 나였을까?

"나 먼저 일어날게. 네 엄마 또 아침도 안 먹고 멍하니 있을 거 생각하니까 밥이 안 넘어간다."

이모는 의자를 드르륵 밀고 일어나서 미리 챙겨 놓은 짐을 들고 집을 나갔다. 그토록 기다렸던 이모인데 아주 멀게 느껴졌다.

학교 가기 전에 곤지산으로 갔다. 아무래도 녀석의 상태를 확인해야 할 것 같았다. 그런데 아무리 불러도 녀석이 모습을 드러내지 않았다. 산을 뱅뱅 돌다가 등교 시간이 다 되어 어쩔 수 없이 산에서 내려왔다.

교실 문을 여는데 애들이 삼삼오오 모여 이야기를 나누고 있었다. 보나 마나 태호 이야기일 것이다. 자리에 앉는데 보늬가 쪼르르 다가왔다. 오늘은 커다란 진주알이 박힌 머리핀을 꽂았다.

"왜?"

"너 얘기 들었지? 태호 사고 난 거."

나는 고개를 끄덕였다. 태호 사고라면 누구보다 잘 아는 사람 중 하나니까.

"경준이가 한 짓이라는 것도?"

"무슨 소리야?"

"경준이가 오토바이로 태호 쳤대. 경준이는 지금 경찰서에 가 있고 태호는 병원에 입원해 있어."

"태호 상태는?"

"다리를 좀 많이 다쳤나 봐. 그 외에는 괜찮다고 하고."

안심이다. 그러나저러나 태호를 친 게 경준이라니. 이건 사실과 많이 다른 정보다.

"경준이가 그런 거라고 누가 그러는데?"

"경준이가 자기 입으로 호기심에 훔친 오토바이를 탔다가 핸들을 잘못 틀어서 태호를 쳤대."

보니 대신 이제 막 교실로 들어온 승규가 끼어들었다. 여하튼 승규의 정보력은 가히 신의 재주를 능가한다.

"그런데 그게 좀 말이 안 되는 게 내가 알기로는 경준이는 무서워서 자전거도 못 타는 애거든! 걔 초등학교 저학년 땐가 두발자전거 타다가 트럭에 치여 죽을 뻔해서 그 뒤로는 바퀴 달린 건 다 안 탄다고 들었거든."

승규가 가방을 멘 채로 고개를 갸웃했다.

"넌 가방이나 내려놓고 얘기해. 그리고 경준이가 했다면 한 거지. 또 무슨 의문의 잣대를 들이대고."

나도 내가 왜 이런 말을 하는지 이해되지 않았다.

내 말에 승규는 그제야 가방을 내려놓고 자리에 앉았다. 때마침 종이 치고 담임이 들어왔다. 태호와 경준이 일로 심란한지 표정이 어두웠다. 하루도 바람 잘 날 없는 교실이 담임에게는 풍랑 속에서 곧 뒤집힐 것만 같은 배가 아닐까 싶었다.

수업 내내 태호 일이 머릿속을 맴돌았다. 왜 경준이는 태호 사고를 자기 탓이라고 했을까? 문득 세형이 형이 경준이에게 귓속말했던 게 생각났다. 만약 경준이가 세형이 형에게 협박당했다면 어떤 협박이었길래 죄를 뒤집어쓴 것인지도 궁금했다. 쉬는 시간에 몰래 핸드폰 동영상을 돌려 보았다. 사고가 나고 쓰러진 오토바이와 태호를 사이에 두고 세형이 형이 경준에게 귓속말하는 장면이 또렷하게 찍혔다.

"문병 안 갈 거야?"

수업이 끝나자마자 보늬가 날 불러 세웠다.

"안 돼. 바빠!"

"뭐 때문에? 어디 가는데?"

"갈 거면 빨리 갔다 오는 게 좋은 거잖아. 곧 중간고사 기간이기도 하니까."

승규가 같이 가자며 내 팔뚝을 슬며시 잡았다.

어쩔 수 없이 자의 반 타의 반으로 아이들 틈에 끼어 태호가 입원해 있는 병원으로 갔다. 태호는 1인실에 있었는데 경준이 아빠가 특별히 1인실로 입원시켰다는 이야기를 승규가 덧붙였다. 태호는 한쪽 다리를 공중에 높게 매단 채로 TV를 보고 있었다. 매일 경준이에게 시달려 위태위태해 보이던 태호가 오랜만에 여유를 찾은 듯했다.

반 아이들이 우르르 병실로 들어서자 태호는 적잖이 당황했다. 태호는 13명이나 되는 아이들이 한꺼번에 몰려 들어와 자기들이 사 온 음료수와 과자를 펼쳐 놓고 먹는 모습을 멍하니 쳐다만 봤다. 사실 이런 광경은 내가 봐도 이해되지 않는다. 느닷없이 쏟아진 관심에 태호가 어리둥절해하는 건 당연한 건지도 모른다. 태호 엄마는 시끌벅적한 병실에서 진작 나갔는지 안 보였다.

"태호야. 경준이가 진짜 너 오토바이로 친 거 맞냐?"

귤 한 개를 통째로 입에 넣고 우물거리며 승규가 물었다. 태호는 음료수를 마시다 말고 켁켁 기침을 했다. 세희가 티슈로 닦아 주는데 신경질적으로 살짝 손을 쳐 냈다. 세희가 잠깐 불쾌해하더니 이내 '이번만 용서한다'며 넘어갔다.

태호가 이렇다 말을 안 하니까 떠들썩했던 분위기는 금세 가라앉았다. 나는 승규가 했던 질문에 아직 답을 안 했다고 따져 물으려는 걸 겨우 참고 아이들과 같이 병실을 나왔다. 태호는 잘 가라는 말도 없이 눈을 감았다. 어떤 애가 기껏 문병까지 와 줬더니 재수 오지 게 없다고 말했다. 그 말에 또 다른 누군가가 태호도 놀랐을 거란다. 다쳤다고 느닷없이 친한 척 우르르 문병을 와 줬으니 너 같으면 당황스럽지 않겠냐고. 모두의 말이 맞았다. 외면과 관심의 차이가 종이 한 장 차이였다니. 웃기기도 하고 우습기도 했다.

병원을 완전히 빠져나오는데 문득 이대로 가서는 안 될 것 같았다. 승규가 물었던 질문에 아직 대답을 못 들었다. 태호가 말을 안 한 이유가 경준이가 한 일이 아님을 알고서도 진실을 외면하고 있는 거라면 더더욱 왜 그랬는지 들어야 했다. 태호도 나처럼 그간 경준이에게 당해 온 걸 이런 식으로 복수를 하고 싶었던 걸까? 아니면 태호도 경준이처럼 협박을 당하고 있는 걸까? 어쨌든 태호 얘기를 들어야 동영상을 지울지 말지 결정할 수 있을 것 같았다.

"너희들 먼저 가. 태호 좀 잠깐 만나고 갈게."

"태호는 왜?"

승규가 어깨를 으쓱했다.

"갔다 와. 우리 여기서 기다리고 있을게."

보늬가 병원 대합실 의자를 가리켰다.

"너 연습실 안 가도 돼?"

승규가 물었다.

"응. 나 이제 시간 많아."

보늬는 두 팔을 크게 돌려 동그라미를 만들었다. 학원을 가야 하는 승규는 엄청나게 부러워했다.

"알아서 해."

보늬가 안 가는 이유는 모르겠지만, 지금은 태호를 만나는 게 먼저다. 서둘러 병실로 갔다. 태호 엄마가 날 보고는 못마땅한 표정을 지었다.

"아직 다 못 한 말이 있니?"

태호 엄마가 쌀쌀맞게 물었다.

"네."

태호 엄마는 다행히 별말 없이 자리를 비켜 주었다.

내가 다가가자 태호가 창문 쪽으로 고개를 돌렸다.

"하나만 묻자. 널 다치게 한 사람이 경준이가 아니라는 건 알고 있지?"

태호는 묻는 말에도 미동조차 하지 않았다.

"경준이가 아니라는 걸 알면서도 말하지 않은 이유가 뭐지?"

"……."

태호는 아예 눈을 감았다.

"말하기 싫으면 하지 마. 하지만 무슨 이유로 진실을 숨기는 건지는 몰라도 이것 하나만 알아 둬. 다친 날 밤, 널 업고 뛴 놈이 경준이라는 거."

나는 조금 후끈한 병실의 열기에 이마에 흐르는 땀을 닦았다. 그리고 살짝 움찔해하는 태호를 보고 몸을 돌려 병실을 나왔다. 병실 모퉁이로 누군가 몸을 숨기는 게 포착됐지만, 굳이 알고 싶지 않았다. 그게 누구든 어떤 이야기를 들었든 나는 거짓을 말하지 않았다는 거다. 정말 알아야 할 건 곤지산에서 자기가 어떤 아이인 줄도 모른 채 추위에 떨고 있는 녀석에 대한 진실뿐이다.

의자에 앉아 핸드폰을 보고 있던 보늬가 나를 보자마자 자리를 털고 일어났다.

"진짜 안 갔어?"

"갈 데가 없어서."

학교가 끝나기 무섭게 매일 연습실로 튀어 가는 애가 갈 데가 없다니. 머리를 자르고 성격도 변한 것 같더니 이젠 전공까지 바뀐 건가 싶다.

"그럼 나랑 갈 데 있는데 갈래?"

"어딜?"

보늬가 내 옆에 달싹 붙어 눈을 반짝였다.

11

가까운 한옥 마을 쪽으로 걸음을 옮겼다. 보늬는 별말 없이 내 꽁무니를 졸졸 쫓아왔다. 한옥 마을에 가까워질수록 사람 머릿수가 점점 많아졌다. 막바지 가을을 보내기 위해 구경을 나온 관광객들로 북새통을 이루었다.

한옥 마을로 진입하는 사거리를 두고 왼쪽은 풍남문, 오른쪽은 한옥 마을이다. 나는 한옥 마을 대신 조금 한적한 풍남문으로 향했다. 풍남문은 옛 전주 부성의 남쪽 문이다. 동쪽, 서쪽, 북쪽에 있던 문은 일제강점기 때 모두 헐리고 이 문만 유일하게 남아 있다.

풍남문 현판이 바라다보이는 벤치를 가리키자, 보늬가 쪼르르 달려가 의자에 앉았다. 나는 사이를 띄어 벤치 끝에 앉아 무릎에 팔꿈치를 대고 허리를 숙였다. 그 상태로 풍남문을 올려다보니 湖南第一門(호남제일문)이라는 현판이 눈에 들어왔다. 시선을 더 끌어올려 보았다. 용머리가 걸린 기와지붕과 처마 밑의 화려한 단청이 이채로웠다. 학교가 끝나고 집으로 가던 길에 자주 앉아 쉬던 의자에서 풍남문을 이렇게 자세히 본 건 처음이다. 달리 보이고 새롭게 보이고 정확히 보이는 걸 보니 나도 더는 이방인이 아니었다. 더 잘 알게 돼서 원주민이라고 하면 좋겠다는 생각이 들었다.

"무슨 얘기인데 심각해!"

보늬가 풍남문과 나를 번갈아 쳐다보며 낯빛을 찡그렸다. 나는 허리를 폈다.

"이제부터 내가 하는 얘기 잘 들어 줘. 믿고 안 믿고는 네가 판단하고."

"콜!"

말은 퉁명스럽게 했지만, 보늬가 마른침을 삼키며 잔뜩 긴장된 표정을 지었다.

막상 말을 하려니 괜한 짓을 하는 게 아닌가 하는 생각이 들었다. 하지만 녀석의 기억을 더 끌어내기 위해서는 이 방법밖에 없다. 우연히 우동 알씨 프로젝트 때 찍은 사진을 본 녀석이 보늬를 보고 자기 여동생과 똑 닮았다고 하는 순간 머리에 불이 탁 켜지면서 기억을 찾을 희망이 보였던 거다. 나는 손톱 밑으로 삐져나온 굳은살을 살살 긁으며 딱 붙은 입을 뗐다.

"너 곤지산이라고 알아?"

이 질문을 시작으로 나는 녀석의 이야기를 꺼냈다. 녀석을 만난 순간, 녀석의 인상착의, 녀석의 상태와 인터넷에서 알아낸 녀석의 숨은 이야기까지. 한참을 묵묵하게 듣던 보늬가 내 이야기를 다 듣고는 한숨을 푹 내쉬었다.

"나보고 그 말을 믿으라고?"

보늬 말을 듣고 보니 내가 지금 무슨 짓을 하는 건가 싶어 한심스러웠다. 하긴 처음부터 믿어 달라고 하는 것부터 무리였는지 모른다. 곤지산에 미친놈이 살고 있는데, 녀석이 150년 전에 죽은 귀신이라면 더더욱 믿지 못하겠지. 하지만 어떻게 해서든 보늬를 데리고 가야 한다. 내가 해 줄 수 있는 유일한 일이 어쩌면 이것뿐일지도 모른다고 생각하니 마음이 급해졌다.

"안 믿어도 좋아. 하지만 딱 한 번만 녀석을 만나 줘. 넌 못 봐도 그 앤 널 볼 수 있으니까."

단 한 번도 간절히 애원한 적이 없었다. 아빠가 다시 살아 돌아와 달라고 온갖 신들에게 부탁했을 때도 이렇지 않았다. 그땐 신보다 용감하고 강인한 아빠를 더 믿었는지 모른다. 아빠는 험한

산에서 잠깐 길을 잃은 것뿐이고 분명히 제 길을 찾아 멀쩡히 돌아올 거라는 확신이 있었기 때문이다.

"지금 네가 원하는 건 그 녀석을 한 번만 만나 달라는 거잖아?"

나는 고개를 세차게 끄덕였다.

"알았어. 얼굴 보여 주는 일이 어려운 일은 아니니까."

보늬가 자리에서 벌떡 일어섰다. 그리고 앞장서서 걸었다.

"야! 같이 가."

날 믿어 준 보늬가 고마웠을까. 나도 모르게 장난 어린 말투로 보늬 뒤를 따라붙었다. 옆에서 보니 보늬가 새침하게 웃었다. 그 미소가 더없이 따뜻했다. 곤지산 입구에 선 보늬가 산 위를 한참 올려다봤다.

"이름이 뭐라고?"

"이름은 모르고 홍 씨 성을 가진 아이야."

"그럼 홍이라고 부르자. 어때?"

나는 고개를 끄덕이고는 보늬 손을 잡았다. 다행히 보늬는 순순히 내 손에 이끌려 산을 올랐다.

산 정상에 오르자마자 녀석을 불렀다.

"홍! 야, 홍!"

손나팔을 만들어 사방에 대고 불렀지만, 녀석은 코빼기도 안 보였다. 오늘은 자주 몸을 숨기던 나무 뒤에도 없다. 자주 앉던 벤치에도 낙엽만 수북했다.

"어디 갔지?"

머리를 긁적이며 둘러보는데 보늬가 눈을 가늘게 뺐다.

"있긴 있는 거니?"

약간 의심에 찬 눈빛이다. 만약 사라지기라도 했다면 어떡하지. 녀석의 몸이 사라졌다 나타나기를 반복하는 현상이 떠올라 걱정됐다.

"야, 홍! 홍!"

다시 한번 크게 홍을 외쳐 댔다. 주머니에 손을 찔러 넣고 있던 보늬도 나를 따라 녀석의 이름을 불렀다. 나랑 보늬는 홍을 부르며 너른 산 정상 여기저기를 뛰어다녔다. 도서관 쪽으로 난 길을 따라가 보기도 하고 다른 산으로 넘어가는 길을 따라가며 불렀지만, 녀석은 나타날 생각을 안 했다.

"이상하다. 갈 데가 없을 텐데."

보늬 눈치를 보고 있는데, 순간 난간 너머 소나무에 걸린 흰 물체가 눈에 띄었다. 녀석이 소나무 가지에 올라앉아 있었던 거다. 나는 냅다 달려가 난간을 붙잡고 소리를 빽 질렀다.

"위험하게 거기서 뭐 해!"

내가 부르는 소리에도 녀석은 전주천만 내려다봤다.

"너 내가 부르는 소리 못 들었어?"

난간을 붙잡고 상체를 쭉 내밀며 소리를 질렀다. 그런데도 녀석은 꿈쩍 안 했다.

"단우야, 위험해!"

난간을 넘어가려는데 보늬가 끌어당겼다. 나는 녀석이 올라앉아 있는 소나무를 가리켰다.

"보늬야. 쟤 지금 저기서 끌어내려야 해. 안 그럼 다친다고."

정말이지 나뭇가지가 부러지기라도 한다면. 생각만 해도 아찔했다.

"야 미친놈아, 얼른 넘어와. 장난도 정도껏 쳐야지."

다행히 녀석이 고개를 쓱 돌렸다. 순간 가슴이 덜컥 내려앉았다. 녀석의 얼굴은 시퍼렇다 못해 시커멓게 변해 있었다. 며칠 전까지 나름 생기가 돌았던 입술도 뻣뻣한 나뭇가지처럼 변해 있었다. 뭘 안 게 아닌가 싶어 더럭 겁이 났다.

"미안한데 날 놔두게."

"어떻게 놔두냐? 가지가 부러지면 어쩌려고 그래!"

내 말에 녀석이 킥킥 실소를 터뜨렸다.

"미쳤냐? 왜 웃는데?"

"너도 알잖아. 나 죽은 몸이라는 거. 한 번 죽었는데 두 번은 못 죽겠냐?"

"뭐?"

난간을 넘어가려다 멈칫했다.

"너 설마……."

"맞아. 오늘에서야 또렷하게 기억났네. 내가 누구고 이곳에서 어떻게 되었는지 또렷이 기억이 났단 말이야."

"……."

"너는 알고 있었지?"

나도 전혀 알지 못했다. 마루라는 개가 녀석을 물기 전까지는 말이다. 문득 녀석이 사람이 아닐 수도 있다는 생각에 인터넷을 뒤져 곤지산에 얽힌 이야기를 모조리 찾아 읽어 보았다. 곧 엄청난 사실을 알았다. 믿기지 않았고 믿고 싶지 않았다. 하지만 인정해야 했고 대책이 필요했다. 보늬를 데려온 이유도 그중 하나였다. 녀석의 몸이 자꾸 사라지는 데에 기억이 도움이 될지도 모른다는 판단에서다.

"너 왜 이러는 거야? 정말 여기에 그 아이가 있어?"

보늬가 겁먹은 얼굴로 내 팔을 잡고 흔들었다. 하지만 난 보늬 말에 대꾸할 경황이 없다. 그저 울고만 싶었다.

털썩 바닥에 주저앉은 나를 보고는 녀석이 나무에서 내려왔다.

"일어나. 네가 무슨 죄가 있다고 나 때문에 힘들어하는 거냐. 죄는 나에게 있는걸."

녀석이 슬픈 표정을 지었다. 녀석은 다 다 기억해 낸 사람처럼 말했다. 자신의 끔찍했던 과거를 말이다.

"너 괜찮아?"

보늬가 내 옆에 바싹 다가오자 녀석이 화들짝 놀라 뒷걸음질을 쳤다.

"이 아인?"

너무 놀랐는지 시커멓던 녀석의 얼굴색이 빨갛게 변했다.

"보늬야, 인사해. 이 아이가 바로 홍이야!"

그러면서 나는 녀석의 등을 살짝 밀었다.

"너 일인극 하는 거니? 대체 여기 뭐가 있다고 인사를 하라는 거야?"

맞다. 보늬 눈에는 녀석이 보일 리가 없다. 보늬와 달리 녀석은 보늬에게서 눈을 떼지 않은 채 아련한 눈빛으로 쳐다봤다.

"맞다. 묵주 팔찌."

나는 묵주 팔찌를 빼 보늬 팔목에 끼워 주었다. 팔찌를 끼자마자 보늬가 '으악' 하고 소리치며 내 뒤로 숨었다. 잠시 후, 보늬가 고개를 빼고 녀석을 쳐다봤다.

"세상에, 네 말이 진짜였어."

보늬는 팔찌를 만지며 어리둥절했다.

"이 아이가 보늬라는 아이냐?"

나는 고개를 끄덕였다.

"내가 보여 준 사진 속의 그 아이야. 어때? 네 동생하고 많이 닮았냐?"

"아주 많이. 우리 동생 진영이가 마치 살아 돌아온 거 같구나."

녀석의 얼굴에는 반가움과 슬픔이 함께 공존했다. 어제 조사하며 알게 된 사실은 이랬다. 홍의 아버지 이름은 홍봉주. 그는 병인박해 때 베르뇌 주교와 체포돼 서소문 형장에서 능지처참을 당했다. 어머니에 대해서는 알려진 바가 없고 동생에 대한 기록도 없었다. 홍은 아버지가 죽고 난 다음 해인 1867년 이곳 초록바위에서 남종삼의 아들 남명희와 함께 처형된 뒤 전주천에 수장이 되었다고 기록됐다.

"네 동생은 어떤 아이였어?"

보늬가 녀석에게 말을 걸었다.

"너처럼 아주 곱디 곱은 아이였지!"

녀석의 말에 보늬 얼굴이 살짝 붉어졌다.

"어린 나이에도 불구하고 손바느질 솜씨가 뛰어났지. 그런데 꽤 말괄량이라서 어머니께 자주 핀잔을 들었지. 난 그 애가 나비처럼 팔랑팔랑 온 집 안을 뛰어다니고 재잘거리는 소리가 아주 좋았어. 그 소리를 다시 듣고 싶지만 이제 들을 수가 없으니."

녀석의 목소리가 떨렸다. 보늬는 녀석을 안타까운 눈으로 바라봤다.

"네가 그렇게 보고 싶어 하는 동생 내가 며칠 해 줄게."

보늬가 녀석에게 호기롭게 말했다.

"너 가야금 연습 가야 해서 바쁜 거 아냐?"

예고 입시 준비와 대회로 항상 바쁜 보늬가 너무 여유로워 이상할 정도다.

"나 사실 가야금 그만둘까 생각 중이야. 적성에도 안 맞는 걸 엄마가 하라고 하니까 한 거였거든."

보늬가 단발머리를 손등으로 툭 쳐올리며 말했다. 그제야 항상 가야금 연습으로 바빴던 보늬가 하릴없이 주위를 맴도는 이유를 알 것 같았다.

"욱하는 마음에 그런 거라면 좀 더 생각해."

"욱하는 마음 아냐. 오랫동안 생각한 거야."

보늬의 결심이 단단해 보였다.

"나 내일 단우랑 같이 와도 되지?"

녀석이 고개를 끄덕이자 보늬가 방긋 웃었다. 보늬는 팔찌를 내게 돌려주더니 아무래도 오늘 엄마랑 담판을 지어야겠다며 서둘러 계단을 내려갔다.

이제 우리 둘만 남았다. 오늘 부쩍 추워져서 옷을 여민 사이로 바람이 숭숭 들어왔다.

"넌 안 추워서 좋겠다."

점퍼를 여미며 나름 우스갯소리를 했다. 녀석이 웃음 대신 심각한 표정으로 날 돌아봤다.

"그런데 150년 전에 죽은 내가 여기 온 이유가 뭘까? 너는 아니?"

12

녀석을 두고 집으로 돌아오는 내내 발걸음이 무거웠다. 녀석이 내게 던진 마지막 질문. 정말로 이 아이는 어디에서 왔고 온 이유가 무엇일까? 배교 대신 순교를 선택했다고 기록된 걸 보면 억울할 일은 없을 듯 보였다. 혹시 기록이 왜곡된 것은 아닐까? 녀석의 죽음이 석연치 않았다.

엄마가 있는 병원으로 갈까 하다가 집으로 왔다. 현관문을 여는데 거실에서 노란 불빛이 새어 나왔다. 가까이 다가가보니 거실에 엄마랑 이모가 소파에 나란히 앉아 있었다. 꺼진 거실 전체 등 대신 스탠드 등이 어둠을 조금 몰아내고 소파 주변을 밝혔다. 분위기에 압도당한 나는 천천히 걸음을 옮겨 소파 옆에 섰다.

"엄마!"

엄마가 날 쳐다봤다.

"왜 여기 있어? 병원에 더 입원해 있어야 하는 거 아냐?"

퇴원하겠다고 고집을 피우더니 급기야 고집대로 했나 보다. 화가 불쑥 솟았다. 이번 기회에 제대로 된 치료를 해야 하는 거 아니냐며 물었는데도 대답이 없었다. 엄마 손에 핸드폰이 들려 있었다. 그걸 쥔 손이 바들바들 떨렸다.

"무슨 일 있는 거야?"

내 목소리도 덩달아 떨렸다.

"단우야, 놀라지 마! 아빠를 아빠를……."

갑자기 3년 전 그날이 떠올랐다. 엄마랑 나는 저녁을 먹고 TV를 보고 있었다. 주말 저녁에 하는 개그 프로에서는 온몸을 우스꽝스럽게 꾸민 여자 개그맨 세 명이 나와 동물 흉내를 내고 있었다. 어찌나 웃기는지 배꼽이 빠질 것만 같았다. 내 목도리를 짠다며 옆에서 뜨개질하고 있던 엄마도 TV를 보며 가끔 웃음을 터뜨렸다.

그런데 TV 화면 아래 뉴스 속보가 떴다.

히말라야 다울라기리 실종 산악인 구조대 강OO 씨 실종.

아빠 소식이었다. 동시에 전화벨이 울렸다. 엄마가 불안한 눈으로 나를 쳐다봤다.

"엄마!"

내가 부르는 소리에 엄마는 그제야 수화기를 들었다.

"여보세요?"

엄마 목소리가 돌을 던진 수면처럼 내 귀에 퍼져 들려왔다. 대답도 하지 않고 한참 동안 상대의 말을 듣고 있던 엄마가 수화기를 떨어뜨렸다. 넋이 나간 엄마는 얼굴이 하얗게 질려 있었고 몸을 바들바들 떨었다. 덩달아 겁이 나 엄마 팔을 꽉 잡았다. 엄마는 급기야 바닥에 주저앉았다.

"엄마, 엄마!"

우는 엄마의 어깨를 흔들며 따라 울었다. 내가 따라 울자 엄마는 눈물과 콧물이 뒤섞여 엉망진창이 된 얼굴로 입을 열었다.

"단우야, 아빠가 아빠가……."

엄마는 말을 잇지 못하고 또다시 오열했다. 엄마 잠옷 바지에 떨어진 눈물이 스며들지 않은 채 바닥으로 뚝 떨어졌다. 엄마가 다 하지 못한 뒷말이 제발 그 말만은 아니기를 바랐다. 떨어진 수화기에서 계속 '여보세요, 여보세요'라는 소리가 들렸다. 아빠랑 같이 다울라기리로 떠난 준섭 아저씨 목소리였다. 엄마 대신 수화기를 들었다.

"아저씨 저예요. 단우요."

"다 단우구나. 아저씨 누군지 알지?"

"네!"

"엄마는 괜찮으시니? 아니 괜한 질문이구나. 괜찮을 리가 없지."

전화기 너머로 아저씨의 깊은 한숨이 들렸다. 순간 머리카락이 쭈뼛 솟고 소름이 오소소 돋았다. 아저씨는 최대한 차분하게 아빠 얘기를 들려주었다. 나는 얘기를 들으며 엄마를 쳐다봤다. 엄마는 눈물을 주르륵 흘리며 거실에 걸린 가족사진을 뚫어져라 쳐다봤다. 떠났을 때와 다르게 수염을 깎아서 환하고 잘생긴 아빠 무릎에 앉은 철없는 나, 나와 아빠 뒤에서 세상 누구보다 행복한 웃음을 짓고 있는 엄마가 사진 속에 있다.

"아저씨들이 더 찾아볼 거야. 그러니까 희망을 잃지 말렴. 분명히 찾을 수 있을 거니까."

준섭 아저씨는 최선을 다할 거라고 엄마를 잘 위로해 주라는 말을 남기고 전화를 끊었다. 수화기를 내려놓는 순간 견딜 수 없는 아픔이 발바닥을 타고 머리까지 올라왔다. 머리를 움켜쥐고 소파에 털썩 앉는데 방금 통화한 게, 마치 꿈만 같았다. 꿈이라고 생각하니까 금세 마음이 편해졌다. 하지만 울고 있는 엄마를 보는 순간 꿈이 깨져 버렸다. 현실이었다. TV 속 개그맨들은 우스꽝스러운 몸짓을 하며 웃음을 유발했다.

그날 이후로 우리 집에서는 개그 프로를 보지 않는다. 아니 TV는 아예 안 본다. 엄마는 TV를 보다가 자기도 모르게 웃게 될까 봐 겁이 났는지도 모른다. 생각해 보니 개그 프로를 보지 않은 게 잘못이란 생각이 든다. 어떻게 해서라도 웃을 일을 만들었어야 했다. 억지로라도.

"엄마!"

엄마가 날 쳐다봤다.

"단우야!"

나는 고개를 끄덕였다.

"아빠를 찾았대."

엄마 목소리가 생각보다 차분했다. 아빠를 찾았다고 하면 흥분해서 울고 웃고 할 줄 알았는데 엄마는 의외로 덤덤했다.

"어디서? 어떻게?"

내 질문에 엄마가 고개를 홱 돌렸다. 울음을 참고 있었는지 한쪽 입술을 꽉 깨물었다. 한편으로는 오랜 숙제를 끝낸 사람처럼 후련해 보이기까지 했다.

"다울라기리 정상의 눈이 녹으면서 아빠 시체가 발견되었나 봐. 현지 사람들이 발견했대."

이모가 엄마 대신 설명했다. 이모 얼굴은 잃어버린 물건을 찾은 것처럼 기뻐 보였다.

"세상은 지구 온난화가 재앙이라더니 우리는 재앙 덕분에 너희 아빠 시체를 찾고. 세상은 아이러니지."

이모는 나지막이 혼잣말했다.

이모는 아빠 시체를 어떻게 찾게 됐는지 소식을 전해 준 사람보다 더 길고 생생하게 말하느라 나나 엄마 머릿속이 온통 백지인 건 모르는 것 같았다.

"단우, 넌 안 기뻐?"

아빠의 죽음을 기뻐하란 말인가? 아니면 실종의 다른 말이 죽음이었다는 걸 확인시키려는 말인가? 뭘 기뻐해야 할지 몰라 대답이 안 나왔다.

"이모, 나 지금 좀 쉬고 싶어. 아마, 엄마도 그럴 거야."

이모가 '아차' 하는 표정을 지으며 엄마를 쳐다봤다.

"내가 생각이 좀 짧았네. 언니, 좀 누워. 어차피 형부는 오려면 멀었으니까 그사이 체력 보강을 좀 해놔야 형부가 언니를 잘 알아보지. 지금 그 꼴로는 형부 할아버지가 와도 몰라볼걸!"

이모가 엄마를 일으켜 세웠다. 엄마는 이모가 잡은 손에 다른 손을 얹어 힘을 주어 일어났다. 그리고 나를 돌아봤다.

"단우야, 넌 아빠를 이해 못 한다고 했지? 사실 엄마도 산에 미친 아빠가 이해 안 되고 심지어 밉기까지 했어."

"……."

"산에 간다고 할 때마다 엄마는 너희 아빠한테 헤어지고 가라고 막말도 했어. 솔직히 엄마는 아빠가 산에 가서 오지 않는 몇 달이 너무 지옥 같았거든. 외롭기도 하고 방정맞은 생각이 자꾸 날 괴롭히잖아. 물론 네가 있어서 견딜 수 있었지만, TV에서 산악인 실종 같은 기사가 나면 일도 손에 안 잡히고 무기력해지지 않으려고 노력을 했는데도 잘 안 되는 거 있지. 그런데 결국 아빠가 산에서 실종됐다는 얘기를 들었을 때 엄마는 죽고만 싶었어. 마치 나 때문에 그런 일이 일어난 것만 같았고 널 혼자 키울 생각에 막막했어."

"엄마 때문이 아닌 거 알잖아. 그건 아빠의 선택이었다고."

아빠가 산에 바친 열정으로 엄마와 나를 돌봤다면 어땠을까? 다른 가족들처럼 평범한 삶을 살 수 있었을까? 아빠가 평범한 가정을 위해 자기 꿈을 포기했더라면 그걸 겉으로 드러내지 않았다면 나하고 엄마는 행복했을지도 모른다. 하지만 아빠는 아니었을지도.

"언젠가 아빠한테 물어본 적이 있었어. 당신은 도대체 왜 산에 가는 거냐고. 죽을 수도 있는데 산이 대체 뭐라고 미친 듯이 가는 거냐고?"

스탠드 불빛에 노란빛으로 물든 엄마 얼굴이 조금씩 차분해져

갔다.

"뭐라고 했는데?"

가슴이 두근거렸다. 나를 두고 엄마를 두고 산을 택한 아빠에게는 어떤 마음이 있었을까? 항상 궁금했었다. 자신이 가려는 길에 위험이 도사리고 있는 걸 알면서 굳이 왜 가야만 했을까. 아무리 생각해도 이해되지 않았다. 녀석이 배교를 거부하고 참형을 받아들인 이유도 내겐 도통 이해되지 않은 고난도 수학 문제처럼 난제였다.

"아빠가 가고자 하는 길에는 희망이 있다고. 산 정상을 오르는 게 목적이 아니라 산을 오르면서 느끼는 희열과 남들이 정복하지 않은 곳을 정복할 기쁨, 그 순간을 함께하는 동료들과의 추억이 앞으로 내게 닥칠 어떤 어려움도 두려워하지 않게 만드는 원동력이라고 했던 거 같아."

조금 이해하기 힘든 말이었다. 희망을 찾는다고 죽음을 불사하다니. 자기가 걷는 이 길이 누군가에게 희망이 될 거라니. 그럼 녀석이 죽음을 택한 것도 누군가에게 평등 세상을 향한 희망을 주기 위해서였을까? 어깨와 입술이 떨리면서 조금 추웠다. 엄마가 내 어깨를 살짝 잡더니 걱정스레 쳐다봤다.

"단우야, 괜찮아?"

나는 애써 입꼬리를 올려 보였다. 이모는 나랑 엄마를 번갈아

보며 입술을 말았다.

"엄마, 신념이 죽음을 두렵지 않게 만들 수도 있을까?"

방으로 들어가는 엄마 등에 대고 물었다. 제발 그렇다고 말해 주기를 바랐다. 그래야 녀석의 행동을 온전히 이해할 수 있을 것 같았다. 그리고 아빠의 죽음까지도 모조리 받아들일 수가 있다.

"자기가 믿는다면 꼭 해야만 하는 사람을 알고 있거든. 그걸 신념이라고 부르는지는 모르겠지만 엄마는 신념 때문에 꼭 그 길을 갔다고 생각하지는 않아. 그 안에는 엄마가 모르는 더 큰 우주가 있었을 거야."

엄마가 엷은 미소를 지었다.

"이 모자는 뭐가 이리 심각해. 지금은 아무 생각 말고 잠이나 푹 자 두는 게 좋아. 어서 어서!"

이모는 수선을 피우며 엄마를 방으로 떠밀었다.

모두가 사라진 거실에는 노란 스탠드 불빛과 우뚝 선 내 그림자만이 남았다. 그림자가 점점 다가오더니 내 어깨를 가만히 두드려 주었다. 마음이 편안해지면서 동시에 녀석이 떠올랐다.

13

탁탁탁!

발소리가 밤공기를 타고 멀리까지 퍼졌다. 늦은 시간은 아니었지만, 늦가을은 어둠을 빨리 몰고 왔다. 가로등이 점점이 켜진 길을 미친 듯이 달리다 문득 걸음을 멈췄다. 또다시 곤지산 아래다.

산을 막 오르려고 할 때였다.

“거기서!”

익숙한 목소리가 멀리서 목덜미를 잡아챘다. 나는 간단히 무시하고 계단을 뛰어올랐다. 역시나 나를 뒤따르는 발소리도 계단을 따라 올라왔다. 산 정상에 오르자마자 녀석부터 찾았다. 녀석은 쉽게 눈에 띄지 않았다. 우선 구석진 자리에 있는 나무 뒤로 숨었다. 헐떡이는 숨을 가라앉히고 가만있자니 곧 사람 목소리가 들려왔다.

"어디 갔어. 이 새끼!"

세형이 형이다.

"숨어 있지 말고 나와라. 오버!"

이번에는 쫄바지 목소리다.

"그 새끼인 건 확실해? 잘못 본 거 아냐?"

그 새끼는 나를 말한다.

"확실해!"

"어디 숨은 거야. 미꾸라지 같은 새끼!"

세형이 형이 새된 목소리로 가래침을 탁 뱉는 소리가 들렸다.

"야, 흩어져서 찾아봐."

세형이 형 명령에 발소리가 사방으로 흩어졌다.

나는 나무에 등을 붙이고 손목에 찬 묵주 팔찌를 돌렸다. 나무 질감 때문인지 아님 어딘가에 녀석이 있다는 든든함이 이유인지 이 상황이 그다지 두렵지는 않았다. 지그시 눈을 감고 소리로 녀석들의 위치를 확인하는데 갑자기 소름이 쫙 돋았다. 세형이 형과 쫄바지, 경준이가 눈앞에 서 있었다.

"흐! 숨으려면 잘 숨어야지. 애들 숨바꼭질하는 것도 아니고."

나는 세형이 형 손에 이끌려 바닥에 패대기쳐졌다. 엉덩이가 튀어나온 돌에 부딪혔는지 너무 아팠다. 엉덩이를 문지르며 보름달을 머리에 이고 있는 세형이 형을 올려다봤다.

"이 야밤에 여기서 뭐 하냐?"

세형이 형이 잔뜩 이죽거리며 내게 물었다.

"그러는 형은 여기서 뭐 해요?"

최대한 깐족댔다. 나라는 아이가 이런 고립 상황에서도 기죽지 않는다는 걸 보여 주고 싶었다.

"아쭈! 얘 말대꾸하는 것 봐."

세형이 형 말에 쫄바지가 낄낄댔다. 경준이는 굳은 얼굴로 뒷짐을 지고 가만히 서 있기만 했다.

나는 곧 형에게 멱살을 잡힌 채 일어섰다. 다 일어서니 형이 느닷없이 내 얼굴을 주먹으로 쳤다. 충격에 몸이 뒤로 밀렸다. 쫄바지가 뒤에서 날 껴안았다. 그리고 스프링처럼 나를 앞으로 밀었다. 내 몸은 세형이 형에게 맡겨졌고, 그 뒤로 죽을 것 같은 고통이 밀려왔다. 실컷 때리더니 형이 멱살을 잡고 날 빤히 쳐다봤다.

"너 내가 왜 이러는 알지?"

"당연히 모르죠!"

입안에서 피 맛이 느껴졌다.

"경준아, 얘가 자기 잘못을 잘 모른다니까 네가 일깨워 줘라."

형이 경준이를 보며 턱짓을 했다. 경준이가 말을 못 하고 우물

쭈물하자 형이 내 배에 펀치를 날렸다. 배가 찢어질 듯 아팠다.

"형! 그만 해요. 제가 얘기할게요."

경준이 말에 형이 고분고분 내게서 물러섰다. 나를 다시 일으킨 건 경준이었다. 며칠 사이 경준이 얼굴이 많이 상해 있었다.

"태호한테 네가 그날 일을 알고 있다고 했다며."

"들었냐? 태호 자식, 입에 자물쇠 채운 줄 알았는데 그 얘긴 했네."

나는 혀로 피가 난 입술을 핥으며 실실 웃었다. 경준이 얼굴이 딱딱하게 굳었다.

"형, 왜 사고 낸 거 경준이 탓으로 돌린 거죠?"

내 질문에 세형이 형 얼굴이 단박에 일그러졌다.

"오지랖도 넓네. 지 앞가림도 제대로 못 하는 새끼가."

세형이 형이 비열한 표정을 지었다. 하나도 안 무서웠다. 잘못을 빌기는커녕 저보다 약한 사람에게 죄를 뒤집어씌우는 녀석들은 양아치나 다름없다.

"설마 네가 말한 건 아니지?"

세형이 형이 경준이를 째려봤다.

"경준이는 말한 적 없어요. 경준아, 넌 왜 네가 하지도 않은 일을 했다고 했어?"

다시 묻는 말에 세형이 형이 경준이를 밀쳐 냈다.

"넌 어떻게 아는 건데?"

형은 되도록 차분하게 물으려 애를 썼지만 아쉽게도 티가 났다. 형 목소리는 떨렸고 눈동자는 심하게 흔들렸다. 나는 회심의 미소를 지었다.

"내가 아는 게 뭐가 중요해? 중요한 건 경준이가 하지도 않은 일을 했다고 자백한 거 아닌가?"

반말 때문이었는지 형이 입술을 잘근 깨물었다. 그러나 이내 실실 웃음을 쪼갰다.

"너 진짜 마음에 들어. 여러모로 쓸모가 많은 애라니까. 네 눈빛 그 당찬 말투, 어느 것 하나 버릴 게 없어."

칭찬할 거리를 찾아 애를 쓰는 게 보였다. 내가 보기에는 당장 나란 놈을 한 손에 쥐고 흔들어 패대기를 치고 싶어 보였다. 역시 전설다운 트릭이다.

"내가 어떻게 아는지 물었지? 봤으니까 알지. 근데 나만 봤을까. 이 동네에 쫙 깔린 CCTV는 폼으로 걸려 있는 거 아닐 텐데."

형이 내 말에 비웃음을 날렸다.

"너 기억 안 나나 본데 저 병신 새끼 아버지가 그 잘난 국회의원이야. 그런데 그깟 CCTV가 중요할 것 같아? 아들이 제 입으로 훔친 오토바이로 사람 쳤다고 하면 국회의원 아버지는 자기 이미지를 걱정하느라 진실 따위는 알아볼 생각을 못 해. 어떻게든 없던 일로 만들려고 자기가 가진 권력을 총동원하느라 바쁘거든."

형이 경준이를 돌아보며 말했다.

"안 그러냐? 경준!"

경준이가 고개를 숙였다.

"경준아, 네가 한 일도 아니면서 했다고 하는 거 그거 비겁한 거잖아. 태호를 친 형은 저 쫄바지 형이라고 왜 말을 못 해? 너 형들한테 책 잡힌 거라도 있는 거야?"

"이씨. 내가 언제?"

쫄바지가 버럭 하자 세형이 형이 가만있으라는 듯 눈을 흘겼다.

"네가 자꾸 형을 감싸면 넌 평생 형한테 못 벗어나. 진실을 말해. 안 그럼 평생 널 괴롭힐 거야."

나는 악다구니를 해 가며 경준에게 소리를 질렀다. 경준이가 내 말을 제발 알아듣기를 바라며 말이다. 하지만 경준이는 미동이 없었다.

"이 새끼 가만두면 안 되겠네."

형이 고개를 까딱하자 쫄바지 형이 내 쪽으로 다가왔다. 쫄바지 형 손에는 어디서 주운 건지 긴 막대가 들려 있었다. 막대를 보는데 등골에서 땀이 흘렀다.

"그만. 그만해!"

쫄바지가 나를 향해 막대를 쳐드는데 갑자기 경준이가 소리를 질렀다. 순간 경준이의 돌격으로 쫄바지가 바닥에 널브러졌다. 경준이는 바닥에 떨어진 막대를 주워 산 아래로 던졌다.

"형 제발 저 새끼는 내가 어떻게든 입막음할 테니까 일 더 크게 만들지 마요."

"뭐?"

두 손을 싹싹 비는 경준을 보며 세형이 형이 혀를 찼다.

"저 미친 새끼는 제가 알아서 할 거니까 형들 참아요. 형들도 알잖아요. 이번 일은 형들과 아무 상관 없는 걸로 할 거라고."

경준이가 형 비위를 맞추려는지 애써 입꼬리를 올렸다.

"하긴 잘나신 국회의원 아빠께서 다 큰 아들을 매일 골프채로 때린다고 내가 떠벌리기라도 하면 곤란해지시겠지. 크크크!"

세형이 형 한마디에 경준이 얼굴이 돌처럼 굳어 버렸다. 나도 가능만 하다면 방금 형이 한 말을 안 들었으면 싶었다. 하지만 주변이 너무 조용해서 그럴 가능성은 1도 없었다.

"형!"

경준이 이 한마디 때문이었을까? 세형이 형 어깨가 조금 움츠러들었다. 경준이 얼굴은 점점 험악하게 변해 갔다. 그대로 뒀다가는 경준이가 무슨 일을 저지를 것만 같았다. 내가 아는 경준이 표정 중에서 가장 살벌한 표정이 분명했다.

"내가 어떻게 아냐고 물었지? 핸드폰으로 찍었거든. 보고 싶으면 말해. 언제든지 보여 줄게."

분위기를 바꿔야 했다. 나는 주머니에 든 핸드폰을 꺼내 흔들었다. 모두의 시선이 내 핸드폰에 꽂혔다.

내 행동에 놀란 사람은 누구보다 세형이 형이었다.

"이 새끼 완전 계획적이네. 경준, 저 새끼 핸드폰 뺏어!"

형이 다그치는데도 경준이는 가만 있었다.

"네가 못 하면 내가 해!"

형이 성큼성큼 다가왔다. 이대로 빼앗길 수는 없었다. 나는 형을 있는 힘껏 밀어뜨리고 난간 쪽으로 달렸다. 그런데 하필 핸드폰을 떨어뜨리고 말았다. 주우려고 돌아서는데 경준이가 먼저 선수를 쳤다.

"이리 줘!"

경준이가 고개를 저었다. 세형이 형이 쫓아오다 말고 경준이 뒤에서 흡족하게 웃었다.

"경준, 잘했어. 이제 이리 줘. 완전히 박살 내 줄 테니까."

형이 경준이 뒤로 다가왔다. 이대로 증거가 사라진다고 생각하니 약이 올랐다. 하지만 나로서는 방법이 없었다. 핸드폰은 경준이에게 이미 넘어갔고, 곧 세형이 형 손으로 넘어가 증거가 완전히 사라질 테니까. 이대로 진실이 묻히나 싶을 때, 경준이가 형에게 핸드폰을 내밀다 말고 갑자기 난간 너머로 핸드폰을 던졌다.

"어! 내 핸드폰."

나는 반사적으로 난간을 뛰어 넘었다.

"단우야!"

경준이 목소리가 밤공기를 갈랐다. 난간을 넘고 보니 아차 싶었다. 난간 너머는 급경사다. 아래는 찻길이니 굴러떨어지는 순간 세상과 작별할 가능성이 높다.

다행히 핸드폰이 나뭇가지에 걸렸다. 나는 난간에 매달려 핸드폰이 걸린 나뭇가지로 손을 쭉 뻗었다. 바닥이 미끄러워 다리에 잔뜩 힘을 줘야 했다. 땀이 났다.

"너 뭐 하는 짓이야. 위험해! 그만하고 이쪽으로 넘어와!"

경준이의 애닳은 목소리가 들렸다. 경준이 마음은 알지만 이대로 포기할 수는 없었다. 진실이 묻히는 걸 지켜볼 수는 없었다. 조금만 움직이면 핸드폰에 손이 닿을 것만 같았다.

"저게 하다 하다 별짓을 다 하네. 야, 너 죽고 싶어?"

이번에는 세형이 형 목소리다. 나는 안다. 형은 지금 떨고 있다. 내가 잘못되기라도 하면 형은 정말이지 이 동네의 전설로 남을지 모른다.

살짝 돌아보니 모두 얼굴이 하얗게 질려 있었다. 사소하지만 절대 사소하지 않은 내 행동이 이 불한당들에게는 꽤 충격적이었나 보다. 다들 사시나무 떨듯 떨며 나를 불안한 눈빛으로 응시했다.

"단우야, 내 손 잡아. 얼른."

급기야 경준이가 난간에 몸을 기댄 채 한 손을 쭉 뻗었다.

"걱정하지 마. 나 어릴 때부터 우리 아빠 따라다니면서 산 많이 탔거든. 이 정도 각도는 문제없어."

경준이를 안심시키기 위해 호기롭게 말했다. 그리고 난간에서 손을 떼 안전하다 싶은 곳만 골라 발을 디디며 핸드폰이 걸린 나무 쪽으로 천천히 다가갔다.

"이 병신 새끼야. 그 핸드폰은 내 거야. 네 거는 여기 있다고."

경준이가 소리쳤다. 뭐? 이건 또 무슨 소리?

"핸드폰 잊고 내 손 잡아."

내 핸드폰이 아니라는 얘기에 갑자기 용기가 꺾였다. 나는 경준이가 내민 손을 잡기 위해 팔을 힘껏 뻗었다. 아래로 주르륵 미끄러지고 말았다.

"어어!"

"단우야!"

경준이 목소리에 정신이 번쩍 들어 잡목 하나를 잡았다. 다행히 더 미끄러지지 않았지만, 등골로 식은땀이 주르륵 흐르고 손에 땀이 흥건했다.

“형, 좀 도와주세요. 단우 저대로 두면 다쳐요!”

경준이가 세형이 형에게 말했다.

“미안한데 이건 네가 벌인 일이야. 그러게 왜 핸드폰을 던지긴 왜 던져. 야, 우린 가자.”

형이 쫄바지에 턱짓했다. 쫄바지는 세형이 형 눈치를 보며 형을 뒤따랐다.

“형 이대로 가면 저 마음 바뀔지 몰라요.”

“뭐?”

형이 이를 바득거리며 뒤로 돌았다.

“대신 형이 제 약점 가지고 협박하고 온갖 나쁜 일 시킨 거 절대 말 안 할게요. 태호 일도 제가 한 거로 되어 있으니까 형은 손해 볼 거 없잖아요. 지금은 저 사이코 같은 새끼를 구해야 해요. 안 그럼 형도 나도 지금보다 더 나빠질 거라고요.”

경준이는 거의 애원하듯 말했다.

“야, 내가 지금보다 더 나빠질 게 뭐 있어. 난 어차피 집에서도 학교에서도 내놓은 놈이야. 여기서 나아진다고 해서 나를 보는 눈이 달라질 것 같아? 천만의 말씀. 문제아를 대하는 방식은 한결같지. 나쁘거나 아니면 더 나쁘거나.”

형이 잔웃음을 날렸다.

“알았어요. 저도 뭐 더 좋아질 건 없으니까요.”

경준이가 뒤를 돌았다. 그리고 뚜벅뚜벅 내가 있는 쪽으로 다가왔다.

"멈춰!"

형이 명령하듯 말했다. 경준이는 시키는 대로 하지 않았다.

"내 말 안 들려? 멈추라고!"

목에 잔뜩 힘을 주고 형이 말했다. 그런데도 경준이는 걸음을 멈추지 않았다. 바람이 불고 긴장감이 흘렀다. 잡목을 쥔 내 손에서 힘이 점점 빠져나갔다.

"좀 괜찮다 싶어서 끼워 줬더니 날 엿 먹이네. 네가 아무리 국회의원 아들이라고 사는 집 애라고 해도 나 하나도 안 무서워. 어차피 너도 너희 아버지처럼 쓰레기인데 더 나아지기를 바라는 게 완전 우습지 않냐? 그래도 다 봐주고 놀아 주려고 했더니 뭐가 어쩌고 저째? 야, 저 새끼 보내 버려."

세형이 형이 턱짓하자 쫄바지가 이제 막 난간을 넘어 내게 오려는 경준이 뒷덜미를 잡았다. 몸이 뒤로 쏠린 경준이가 중심을 잃고 휘청거렸다. 그사이 쫄바지가 손에 든 돌을 들어 경준이 머리를 내리치려 했다.

"안 돼!"

안간힘을 써 소리를 질렀다. 순간 사방이 조용해졌다. 눈앞에 보이는 모든 것이 멈춘 상태였다. 바람 소리도 자동차 소리도 귀

뚜라미 소리도 들리지 않는 무음이었다. 오로지 나만 움직였다.

"이 이게 어떻게 된 일이지?"

천천히 눈을 떠 주위를 살폈다. 그때 이팝나무 뒤에서 하얀 물체가 나타났다. 자세히 보니 그건 녀석이었다. 녀석은 가볍게 날아올라 내게 다가왔다. 내 몸은 곧 풍선처럼 공중으로 떠올랐다가 바닥에 내려앉았다. 잠깐 롤러코스터를 탄 느낌이었다.

"네가 이런 거야?"

녀석의 몰골은 어제보다 더 처참했다. 마치 종이를 불로 그을려 놓은 것처럼 몸 여기저기가 거뭇거뭇하게 그을려 있고 구멍나 있었다. 얼굴도 촛농이 흘러내리듯 괴상스러웠다.

"네가 힘들었던 이유가 저 아이 때문이었구나."

녀석이 경준이를 가리켰다.

경준이 얘기는 단 한 번도 하지 않았는데 어떻게 아나 싶었다. 나는 대답 대신 살짝 웃었다. 녀석은 곧 경준이도 안전한 곳으로 데려다 놓았다. 잔뜩 겁먹은 경준이 눈을 보니 무척 크고 맑고 깨끗했다. 한 번도 경준이를 제대로 본 적이 없어서 몰랐다.

"어디 아픈 건 아니냐? 상태가 좋지 않아 보여."

녀석이 더러운 소맷부리로 얼굴에 묻은 흙과 낙엽 부스러기를 털어 주며 내게 물었다. 나는 그제야 이곳에 온 이유가 생각났다.

아주 오래전 이곳은 상상 이상으로 높고 험했으리라. 이곳으로 끌려와 찬바람을 맞으며 망나니가 휘두르는 시퍼런 칼을 마주했을 녀석에 비해 지금 내 상황은 아무것도 아닌 게 분명하다.

"너에게 꼭 물어보고 싶은 말이 있어서 왔어."

녀석이 멈칫했다.

"왜 죽음을 택한 거야? 왜 종교 따위에 목숨을 바쳤냐고?"

녀석은 고개를 숙였다. 예상치 못한 질문이었나? 아니면 자신조차도 왜 죽음을 택한 건지 모르는 것이었나.

"왜 말을 못 해? 내가 해 볼까? 지금 엄청나게 후회하고 있지. 그래서 한이 남아서 여기 왔다가 못 떠나는 거고. 그럴 거 뭐 하러 죽음을 택한 거냐고. 멍청아!"

소리를 냅다 질렀다. 밤공기를 가르며 목소리가 사방으로 흩어졌다 돌아왔다. 녀석은 나를 물끄러미 보더니, 자리에서 일어서 하늘을 향해 고개를 들었다.

"오늘도 별이 마중 나오지 않았구나. 내가 살았던 조선이란 나라는 별이 흐드러지게 많아서 쏟아질 것만 같았는데 네가 사는 이 나라는 별조차 사람 마음을 갑갑하게 해."

"딴소리 말고 말하라고. 왜 죽었냐고? 전라 감사가 배교하라고 설득했다는데 그게 사실이라면 그들이 너희를 살려 줄 마음이 있었다는 거잖아. 그런 엄청난 호의를 거절한 이유가 뭐냐고?"

녀석은 하늘을 뚫어지라 올려다봤다. 녀석의 눈은 흐릿한 별을 찾으려고 애쓰는 듯 보였다.

"내 대답을 듣기 전에 네가 왜 내게 그런 질문을 하는지 묻고 싶은데? 얘기해 줄 수 있겠냐?"

난데없이 내 얘기라니. 기가 차서 '칫' 소리가 나왔다.

"딴말로 돌리지 마."

"아니, 넌 뭔가를 숨기고 있어. 네 마음에 짐을 덜어 내고 싶다면 지금 말해. 내가 언제 어떻게 사라져 버릴지 아무도 알 수 없으니."

녀석이 내 손을 덥석 잡았다. 녀석의 난데없는 행동에 움찔했다. 그리고 그만 녀석에게 내 마음을 들켜 버렸다.

"널 처음 본 날 네가 나랑 많이 닮아 보였어. 어쩌면 그런 이유로 우리 둘은 쉽게 서로를 알아볼 수 있었는지도 모르지. 이제 나를 보고 말해 봐."

"네가 뭘 안다고 그래!"

손을 팽개치고 겁에 질린 얼굴을 한 경준이와 팔짱을 끼고 선 세형이 형, 돌을 던지려 팔을 뒤로 쭉 뻗은 쫄바지를 지나쳐 난간 쪽으로 갔다. 거기서 내려다본 우리 동네는 가뭇가뭇한 불빛들이 힘겹게 밝음을 유지하고 있었다. 아주 오래전 사람들이 이 천으로 나와 소도 팔고 쌀도 팔았을 둑방에는 자동차가 즐비하게 주차되어 있고 간간이 사람들이 보였다. 산 아래를 내려다보며 죽을 준비를 하던 녀석에게는 이곳 풍경이 어떤 느낌으로 다가왔을까?

"널 처음 보던 날 나는 네 안에 울분 같은 걸 느꼈단다."

"어쭙잖게 알은체하지 마!"

녀석이 내 어깨에 올린 손을 치우며 볼멘소리를 했다.

"우리 집안은 오래전부터 서학을 숭배했어. 증조 할아버지때부터 종교 탄압으로 순교 당했고 할아버지도 마찬가지였지. 어머니가 그러시는데 아버지의 첫번째 부인도 어린 나이지만 신앙심이 두터워서 순교를 마다하지 않으셨다고 들었어. 우리 아버지는 한때 배교로 목숨을 부지하셨지만 최양업 신부를 만나 회개한 뒤부터 신앙에 더 열심이셨고. 우리 어머니는 항상 말씀하셨지. 아버지의 뜻을 따르는 길이 천주의 뜻을 따르는 길이라고. 비록 어머니가 종의 신분이라 내 신분 또한 낮았지만 아버지는 언제나 어머니와 우리 오누이를 평등하게 대하셨지. 천주께서 말씀하신 평등 세상의 시작은 가정이 먼저여야 한다면서. 이런 가르침 덕분에 내 신앙심도 저절로 넓고 깊어졌단다."

녀석의 나지막한 목소리에 나도 모르게 귀를 기울이고 말았다.

"그런데 막상 배교를 하지 않으면 죽인다니 마음이 흔들리더구나. 아버지처럼 신앙을 증언한 뒤 죽는 것이 꿈이었던 내가 말이야."

“그러니까 넌 배교를 했어야지.”

녀석이 날 돌아봤다. 눈가가 촉촉이 젖어 있었다.

“관아로 끌려간 날 어머니께서 그러셨어. 하느님이 지켜 주실 거라고. 그러니 절대 약해져서는 안 된다고. 하지만 고문은 내가 견딜 수 없을 만큼 고통스러웠어. 온몸이 찢기고 부서지는 매질을 견디지 못해 기절했다 깨어나는 건 다반사였지. 뼈가 드러날 만큼 두들겨 맞은 자리에 쥐며 벼룩이 상처를 건드리며 지나갈 때는 딱 죽고 싶을 만큼 힘이 들었어. 나는 어머니께서 당부한 말을 몇 번이나 곱씹으며 고통을 참았지만, 시간이 갈수록 약해지더구나.”

말만으로는 녀석의 고통이 느껴지지 않았다. 하지만 녀석은 고통을 삼키며 애써 덤덤히 말하고 있었다. 뭔지 모를 녀석의 단단함이 느껴졌다.

“그러다 아버지께서 참형을 당하셨다는 소식을 들었어. 한성 어딘가에서 사지가 찢겨 죽는 벌을 받으셨는데 다른 사람들 말에 의하면 소리 한 번 지르지 않고 돌아가셨다고 해.”

녀석이 갑자기 두 귀를 감싸 안고 자리에 주저앉았다. 아마도 그때 그 고통으로 온몸이 아파져 오는 듯 보였다. 나는 멀뚱히 서서 녀석을 내려다봤다. 어쭙잖은 위로는 도움이 되지 않을 것 같았다. 녀석은 한참을 그러고 있다가 다시 고개를 들었다.

"아버지가 그렇게 돌아가시고 나니 겁이 났어. 꼭 살고 싶었어. 어떻게든 살아서 남아 있는 가족들에게 돌아가고 싶었거든. 결국 돌이킬 수 없는 잘못을 저질렀지. 내가 아는 서학인을 서학인을……."

녀석은 거기까지 말하다 말고 가슴을 손으로 꽉 쥐어짰다.

"나는 그들을 밀고했단다. 그래야만 살 수 있다고 생각했거든."

"뭐 뭐라고?"

잘못 들은 게 아닌가 싶어 되묻고 말았다. 녀석이 다른 사람을 밀고해서 목숨을 부지하려 했다는 말이 믿기지 않았다.

"너 처음부터 기억했었구나?"

녀석이 가만히 고개를 끄덕였다.

"처음부터는 아니었어. 이곳에 오래 있다 보니 점점 생각이 나더구나. 그런데 막상 기억이 나니 내가 그런 애라는 걸 누구도 몰랐으면 했어. 무섭고 두려웠어. 나 때문에 너무 많은 사람이 죽었고 그의 가족들도 모두……."

녀석은 말을 잇지 못하고 눈물을 흘렸다. 눈물을 닦아 주고 싶었지만 어쩌면 녀석의 고통과 슬픔은 누구도 대신해 줄 수 없는 것인지도 모른다. 내가 겪었던 고통을 누구도 대신해 주지 않았던 것처럼 말이다.

"지금 와서 말하는 이유는 뭔데?"

한참 만에 내가 말을 꺼냈다.

"그들에게 잘못을 말하고 싶어."

문득 광장에서 봤던 초록바위 진혼제가 기억났다. 녀석을 만난 날이 그날이었다. 밀고로 죽었던 수많은 영혼에 잘못을 빌고 싶은 녀석의 바람이 진혼제 덕분에 이루어진 건 아닐까?

"잘못을 어떻게 빌건데?"

"백 년을 넘게 이승으로 가지 못하고 떠돌면서 항상 생각했어. 그들에게 어떻게 잘못을 빌어야 할까? 잘못을 빌 자격이 내게 있을까? 그들도 나처럼 이승을 떠도는 건 아닐까?"

"그렇지. 네가 빌고 싶다고 빌 수 있는 일이 아니지."

만약 아빠가 녀석처럼 영혼이 되어 내게 온다면. 훌쩍 떠나 버려 미안하다고 용서를 구한다면 나는 아빠를 쉽게 용서할 수 있을까? 마음이 어지러웠다.

"너랑 같이 참수당한 남명희란 아이는 어떤 아이였어?"

나는 물었다.

"명희. 나랑 같은 죄목으로 끌려온 아이가 남명희였지. 녀석은 양반집 아들로 한눈에 봐도 품위가 넘치는 도련님이었지. 명희는 목에 나무칼을 차고 있을 때도 고문을 받을 때도 소리 한 번 지르지 않고 그걸 묵묵히 견뎌냈어. 죽은 해 여름, 큰 물난리로 감옥에 전염병이 돌았는데 전라 감사께서 어린 우리를 특별히 대우해 병자와 격리시켜 줬어. 그런데 명희는 그것마저 거부했어. 마른 자리로 옮기면 마음이 약해질 것 같다며 말이야. 아주 독한 녀석이었지. 조금만 고통스러우면 울부짖는 나와 달리."

녀석은 잠시 말을 멈추더니 다시 천을 내려다봤다. 그리고 다시 입을 열었다.

"아는 것도 많고 차분해서 나와는 아주 달랐지. 옥을 지키는 군사도 명희는 함부로 하지 못했어. 오히려 명희 말에 귀를 기울였단다. 한번은 전라 감사가 보낸 이가 감옥으로 와서는 이제 곧 참형이 있을 거라고 서학 악귀의 씨앗이지만, 어린 우리가 죽는 게 안타까워 목숨만은 살려 주겠다는 말을 넌지시 건넸어. 귀가 솔깃했어. 나도 모르게 '어떻게 하면 되지요?'라고 물었지. 감사가 보낸 자는 내 반응을 무척 마음에 들어 했어. 그런데 문제는 명희였어. 명희는 배교는 하느님을 부정하는 것이고, 그건 다시 말해 내 존재 자체를 부정하는 것이라며 배교 따위는 있을 수 없는 일이라고 못 박았지."

"그래서?"

녀석 옆으로 바싹 붙어 다음 말을 재촉했다.

"그는 명희에게 소원이 그러하면 국법에 따라 우리 둘을 마땅히 죽여야만 한다는 말을 남기고 떠났어. 나는 명희한테 달려들어 죽도록 팼어. 안 그래도 성한 곳이 없는 녀석을 말이야. 왜 그런 말을 했냐고 살려 준다고 할 때 덥석 물었어야지. 왜 헛소리를 해서 감사 마음을 더 어지럽혔느냐고 악다구니를 했었어."

"나 같아도 그랬어. 어딜 가나 잘난 척하는 놈들이 있어."

"흐흐. 저항 한 번 하지 않고 맞기만 하던 명희가 갑자기 날 밀치더니 목 놓아 울더구나. 느닷없는 행동에 나도 놀랐고 옥졸들도 놀랐어. 한참을 울던 명희가 한 말이 뭐였는지 아니?"

녀석이 날 뚫어져라 쳐다봤다.

"자기도 살고 싶다고. 하지만 구차하게 목숨을 구걸해 버린다면 지금까지 신념으로 믿고 살았던 모든 것이 모래알처럼 흩어져 버릴 것만 같아 겁이 난대. 하느님이 허상이고 서학이 날조된 거짓이라 하더라도 자신의 신념을 무너뜨릴 수는 없다고. 그게 바로 자신이라고. 그러니 나더러는 살고 자신은 죽음을 택한다고 했어. 우리는 가는 길이 다르다고 말이야."

"미친 새끼!"

나도 모르게 욕이 튀어나왔다. 다행히 녀석은 별다른 반응을 하지 않고 덤덤했다.

"그 한마디가 어떤 의미인지 알았어. 녀석을 단단하게 만들어 준 건 어쩌면 서학이 아니었는지도 몰라. 자기가 옳다고 믿는 건 끝까지 옳다고 믿어야만 하는 그 아이에게 배교란 자기를 버리는 건지도. 생애를 통째로 버리고 가족을 부정하고 미래를 구차하게 살게 되는 길이라고 말이야. 흐흐. 얼마나 웃기냐? 서학이 아니라 자기 자신이 곧 구원이었다는 걸."

"넌 아니었잖아. 자존심 센 그 녀석만 죽으면 됐지, 넌 왜 죽었는데?"

"어느 날 감사가 보낸 자가 날 따로 불러냈어. 우리 집안과 내통했던 신자들을 밀고하면 나는 물론이고 남은 가족 모두를 살려주겠다고."

달콤한 제안이었으리라. 무엇보다 가족을 걱정했던 녀석에게는 더더욱.

"협조하지 않으면 내가 죽는 건 당연지사고 어머니도 여동생도 죽음을 피해 가지 못할 거라고. 결정을 못 내리고 있던 어느 날, 여동생이 찾아왔어. 어머니가 많이 편찮으시다고. 어머니는 평소에도 잔기침이 심하셨거든. 동생에게 어머니 얘기를 듣는데 정신이 들더구나. 어머니께서는 절대 신앙심이 흔들려서는 안 된다고 말씀하셨지만 나는 배교를 결심했어. 어머니를 살리는 길이 배교의 이유로 충분하다고 생각했어."

가족은 건드리지 말라는 말도 있는데 거절하기 어려운 제안임이 분명했다. 녀석의 두 뺨으로 눈물이 주르륵 흘러내렸다. 눈물은 차가운 도로에 내려앉은 눈처럼 땅으로 떨어져 금세 사라지고 말았다.

그제야 깨달았다. 녀석이 배교를 결심했지만 결국 죽음을 거부하지 않은 이유를. 그건 수많은 신자를 밀고한 자신의 죄를 달게 받기 위함이라는 걸. 그게 녀석이 택한 그들에게 용서를 구하는 방법이라는 걸 말이다.

녀석은 한참 동안 꺼이꺼이 울었다. 울음소리는 어쩌면 나만 들을 수 있는 건지도 모른다. 무엇하나 녀석의 울음에 관심이 없었다.

"이제 네 얘기를 해 보아라."

녀석이 날 돌아보며 재촉했다.

녀석의 애정어린 눈빛 때문이었을까?

나는 어느새 아빠와 우리 가족에게 있었던 이야기를 실타래 풀 듯 줄줄 풀어 놓았다. 녀석은 간간이 고개를 까딱이며 내 얘기를 잘 들어주고 있다는 신호를 보냈다. 추워서 입이 딱 얼어 말이 잘 안 나왔지만 그래도 마지막까지 다 하고 나니 얼었던 몸이 풀리는 듯했다.

"내 얘기는 여기까지야."

이야기한다는 것. 이렇게 쉽게 내 이야기를 할 수 있다는 것에 놀란 건 다름 아닌 나였다. 절대 누구에게도 털어놓고 싶지 않은 이야기였으니까.

"다행히 아빠 시신이 발견되었대. 그런데 두려워. 아빠를 똑바로 볼 수 있을지."

아빠를 원망하고 미워했던 시간이 너무 긴 탓인가. 아빠가 돌아온다면 어떤 모습일지도 두렵지만, 더 두려운 건 아빠를 똑바로 바라보지 못하는 내가 될 것만 같아서였다.

"아버지의 마지막을 본 이가 내게 그랬어. 아버지는 평온한 얼굴로 죽음을 맞이하셨다고. 아마도 하늘에 계시는 그분을 만날 생각에 들떠 계셨나 봐. 늘 일로 바쁘신 아버지가 우리 가족 한번 보러 오지 않을 때는 원망도 많이 했는데 그런 큰 일을 하시려고 그러신 건가 싶어 용서가 되더구나. 내게 아버지 이야기를 전하신 분의 말처럼 우리 아버지는 죽음을 기쁨으로 받아들이고 남으실 분이지."

녀석은 아버지를 자랑스러워했다. 갑자기 부끄러웠다. 무모한 죽음이라고 단정지으며 아빠를 미워했던 내게 말이다.

"그럼에도 난 아버지처럼 죽을 수 없었어. 그게 내 진심이었어. 난 겁쟁이니까."

"넌 이미 그들에게 잘못을 빌기 위해 노력했어. 네 죽음이 그걸 증명한 거야."

나는 딴 말로 돌리며 녀석을 위로했다.

나는 녀석의 등을 가만히 쓸어 주었다. 녀석이 느낄 수 있는지 없는지는 모르겠다. 하지만 사람과 사람 사이는 몇 마디 말보다 서로의 온기를 전할 때만이 더 가까워진다는 걸 내가 알았다는 거다.

14

바람이 다시 불고 차 소리가 들렸다. 몸이 풀린 아이들은 잠시 어리둥절해했다. 쫄바지는 빈손을 든 채로 자기 몸을 내려다보더니 슬그머니 손을 내렸다. 세형이 형도 이상한 기분을 느꼈는지 헛기침을 했다.

먼저 산을 뛰어 내려간 건 세형이 형과 쫄바지 둘이었다. 경준이는 나를 물끄러미 보다가 가까이 다가왔다.

"내가 고맙다고 말할 거라는 기대는 하지 마. 하지만 오늘은 나름 나쁘지 않았어."

경준이는 딱딱하게 말했다. 우리는 서로를 한참 동안 바라보다 누군가가 부르는 소리에 뒤를 돌아봤다.

"녀석들, 이 시간에 여기서 뭐 하는 거냐?"

지난번 만난 등산복 아저씨였다. 아저씨는 잔뜩 심기가 불편한 표정을 지었다.

"지금 내려가려고요."

나는 경준이를 끌고 산에서 내려왔다. 서로 말없이 한참을 걷다가 갈림길에서 멈췄다.

"난 이쪽이야. 넌?"

나는 언덕배기를 가리켰다. 경준이가 내 핸드폰을 내밀었다. 나도 녀석의 도움으로 구해 낸 핸드폰을 경준이에게 내밀었다.

"내일은 어제보다 조금 달라져 있을까?"

경준이가 먼저 몸을 돌려 가는 내 등에 대고 물었다. 걸음을 멈추고 다시 뒤를 돌았다. 경준이 얼굴이 아까보다 훨씬 편해 보였다. 그게 원래 경준이 얼굴인 듯 맞춤이었다. 내내 인상 쓰고 사느라 자기 모습을 잃어버린 아이가 우연한 기회에 진짜 자신을 찾은 오래전 전설 속 이야기의 아이처럼 말이다.

"내일은 내일 가 봐야 알지. 하지만 지금은 아까보다 훨씬 마음이 편해. 너도 편해져라."

나는 손을 흔들고 집 쪽으로 뛰었다.

다음 날 학교에 가자마자 보늬를 찾았다. 평소에 화장기 하나 없는 얼굴이었던 보늬가 입술에 옅게 틴트를 발랐다. 무척 생기 있어 보여서 보는 내가 더 기분이 좋았다.

"부탁할 게 있는데."

"설마 또 귀신 아 아니다 영혼의 친구를 보러 가자는 거니?"

나는 고개를 흔들며 보늬에게 귓속말을 했다. 내 얘기를 다 듣더니 보늬가 눈을 크게 떴다.

"내가 가야금을 배운 이유가 여기 있었네."

보늬가 잇몸이 다 보이도록 활짝 웃었다.

"야, 너희 사귀냐? 뭐가 좋아서 헤벌쭉하냐!"

언제 왔는지 승규가 색깔이 다른 짝짝이 슬리퍼를 신고 눈을 흘겼다. 생각해 보니 승규도 작년까지 악기를 배운다고 했다. 승규까지 끌어들일 생각을 하니 마음이 바빴다.

"자, 다들 주목!"

담임의 오늘 메인 컬러는 분홍이다. 누렇게 뜬 얼굴에 분홍 셔츠라니. 웃음이 터지는 걸 겨우 참으며 고개를 돌리는데 경준이 자리가 비었다. 무슨 일일까?

점심에 학년 연구실로 갔더니 담임이 없었다. 국어 선생님이 남자 교사 휴게실로 가 보라고 했다. 담임은 통화 중이었다.

"네, 네! 그런 줄 알고 있겠습니다."

담임 표정이 아주 심각했다. 나는 뒷짐을 지고서 통화가 끝나

길 기다렸다.

"무슨 일이냐? 이 귀한 시간에 날 찾아오고."

통화가 끝나자마자 담임이 앉으라고 의자를 빼 주었다. 나는 의자에 앉는 대신 담임에게 핸드폰을 내밀었다.

"뭐지?"

"보여 드릴 게 있어요."

동영상을 재생시켰다. 담임은 동영상이 끝날 때까지 무덤덤한 표정으로 일관했다.

"이걸 왜 보여 주는데?"

"경준이가 한 짓이 아니라는 걸 선생님은 아셔야 할 것 같아서요."

"내가 왜? 나 네 일만으로도 머리가 돌겠다. 이제 좀 잠잠하나 했더니 또 나한테 숙제를 던져 주는 배려는 뭐냐고?"

정말로 괴로웠는지 머리를 마구 헝클었다.

"아씨. 이럴 줄 알았으면 담배 안 끊는 건데. 요즘 계속 담배가 피고 싶어서 미치겠다니까."

담임은 까진 중딩처럼 볼펜을 손가락에 끼우고서 담배 연기 뿜는 시늉을 했다. 어이가 없었지만 오죽하면 그럴까 싶어 가만있었다.

"이 동영상 또 누가 아냐?"

"경준이도 알고 태호도 알아요. 제가 말했어요."

"뭐라든?"

"태호는 이렇다 말이 없었고 경준이도 잘 모르겠어요."

담임이 의자 손잡이를 짚고 끙 소리를 내며 일어섰다. 그리고 창문으로 가 기지개를 켰다.

"오늘 날씨 꼭 한겨울 같지 않냐? 이제 곧 겨울인데 옆구리는 시리고 반찬은 떨어져 가고."

담임은 딴말을 했다. 답답했다. 어떻게 할 건지 얼른 말해 주면 좋으련만.

"단우야, 난 어렸을 때 겨울이 아주 싫었어. 엄마가 겨울이면 남의 가게 앞에서 붕어빵을 팔았는데, 붕어빵을 만들어 놓으면 동네 깡패들이 와서 깽판 놓고 가고 또 왔다 가기를 반복해서 남는 날보다 손해보는 날이 더 많았거든."

옛날 얘기 탓인가? 젊은 담임의 등이 조금 굽어 보였다.

"눈이 올 둥 말 둥 한 날이었던 거 같다. 동네 깡패 놈이 그날도 무작정 찾아와서 엄마한테 자릿세를 내라는 거야. 엄마가 그날은 참기 힘들었나 봐. 팔팔 끓은 어묵 국물을 끼얹으며 깡패를 쫓아냈는데 그 뒤로 엄마는 아주 용감해져서 동네에서 유명한 왈패 아줌마가 됐다는 전설 같은 이야기가 있다. 흐흐!"

선생님은 의미를 알 수 없는 웃음을 흘렸다. 그리고는 나를 돌아봤다.

"내가 왜 너한테 신경 쓰는 줄 아냐? 나 어릴 적 모습을 보는 거 같아서다. 우리 아빠가 소방관이었는데 물에 빠진 애 구하러 들어가서 돌아가셨어. 내가 아마 초등학교 5학년 때였나 보다. 우리 엄마 고생은 그때부터 시작됐어. 물론 나도 만만치 않은 똘아이가 되어 갔고, 중딩까지 쭉 그러다가 고등학교 때 성격 사나운 담임 만나고 좀 바뀌었다. 덕분에 선생도 되고."

아주 덤덤하게 말했지만 선생님 목소리에서 아픔이 느껴졌다. 내가 아빠를 잃고 느꼈던 아픔과 비슷하다고나 할까.

"너한테 그런 선생님이 되고 싶었는데 참 어렵다. 그리고 이 동영상은 없애도 좋아. 모르긴 몰라도 경준이가 알아서 할 것 같다. 그러니까 좀 지켜보자."

선생님이 어깨를 가볍게 두드렸다.

어제 경준이 눈빛에서 알았다. 녀석이 이제 폭력 앞에서 약해지지 않을 거라는 걸.

며칠 후, 보늬, 승규와 함께 곤지산을 올랐다. 잔잔한 바람에 낙엽이 눈처럼 떨어져 바닥을 곱게 수놓았다. 산 정상에 오르자 녀석이 툭 튀어나와 나를 반겼다. 얼굴은 많이 상해 있고 몸도 점점 흐릿해지는 듯했지만, 기분은 어느 때보다 좋아 보였다.

"널 제대로 보낼 방법이 생각났어."

"뭔데?"

녀석이 들떠 물었다.

승규는 내가 허공에 대고 말을 하자 조금 뜨악한 표정을 지었다. 학교에서 그렇게 설명했는데 막상 맞닥뜨리니 어안이 벙벙한 듯했다. 보늬는 센스 있게 마치 녀석이 보이는 것처럼 행동했다.

"진짜 여기에 백오십 년 전에 죽은 영혼이 있는 거야?"

마음 같아서는 승규한테 묵주 팔찌를 빼서 끼워 주고 싶었다. 하지만 녀석이 마땅하게 생각하지 않았다. 추한 꼴을 보이기 싫어서라고 했다.

나는 어깨에 들쳐 멘 것을 바닥에 내려놓았다. 뒤이어 보늬가 돗자리를 폈다. 보늬가 바닥에 앉는 걸 보고 가져온 물건을 덮고 있는 외피를 벗겼다. 그 안에서 가야금이 나왔다.

"이 이건 가야금 아니냐?"

녀석의 눈이 휘둥그레졌다. 자기 누이가 즐겨 다루던 악기라서 단박에 알아봤다. 나는 가방에서 단소를 꺼냈고 승규는 오카리나를 꺼냈다. 며칠 연습하긴 했는데 막상 진혼제를 하려니 잘할 수 있을까 하는 걱정이 밀려왔다. 보늬는 가야금의 줄을 만지더니 허리를 곧게 폈다. 우리는 보늬 주위로 빙 둘러앉았다.

곧 연주가 시작되었다. 보늬가 가야금 줄을 튕기자 낙엽이 휘

날렸다. 선율도 바람을 따라 떠다녔다. 녀석은 눈을 가만히 감은 채 묵주 팔찌에 손을 올렸다. 어떤 때보다 평온해 보이는 녀석을 보고 있자니 이별이 두려웠다.

가야금 연주에 맞춰 나와 승규의 피리 소리가 간간이 음률을 맞추었다. 하지만 메인 악기는 가야금이었다. 보늬의 가야금 소리는 오래전 억울하게 죽은 영혼들과 지금을 사는 가여운 영혼들을 달래듯 부드럽고 잔잔하게 울려 퍼졌다.

가야금 연주가 절정에 달할 때쯤 녀석의 몸은 조금씩 부서지고 깨져 날아갔다. 내 눈에만 보일 줄 알았던 영혼의 파편은 연주하는 보늬에게도 보였는지 보늬가 연신 눈시울을 붉혔다.

"죽음을 두려워하지 마라. 우리가 가장 두려워해야 할 것은 나를 잃지 않고 사는 것이다."

녀석은 마지막 힘을 다해 내게 속삭였다.

"홍, 잘 가!"

이제 이름 석 자를 아는 건 중요하지 않다. 나에게 녀석은 영원한 홍으로 남을 것이다.

며칠 후, 경준이는 다른 지역으로 전학을 갔다. 경준이 전학 소식이 전해지자마자 전교생이 경준이 이야기로 시끄러웠다. 경준이 아빠가 경준이와 경준이 엄마를 오랫동안 구타했다는 사실이

지역 신문 1면 기사로 실렸기 때문이다. 경준이 아빠는 국회의원 직에서 스스로 물러났다.

어떤 애는 경준이의 폭력성이 아버지로부터 물려받은 거라며 녀석의 전학을 당연하게 생각했고, 어떤 애는 경준이 처지를 안타까워했다. 하지만 경준이에게 쏟아진 관심은 금세 꺼졌다. 3학년 형이 아이돌 공개 오디션 프로에 나가 탑 10에 드는 실로 어마어마한 사건 때문이었다. 오늘도 아이들은 예비 아이돌 재학생 이야기로 하루를 여닫느라 바빴다.

며칠이 지나 경준이로부터 문자가 왔다.

— 미처 말하지 못한 게 있다. 너희 아빠 일, 함부로 말해 미안하다. 사과한다.

나는 답장하지 않았다. 딱히 생각나는 답글이 없어서다.

태호는 퇴원해 학교로 돌아왔다. 나는 미리 태호 자리에 초콜릿 과자를 넣어두었다. 태호가 내게 관심을 보이던 그날처럼 말이다. 초콜릿 과자를 발견한 태호가 날 쳐다봤다. 나는 살짝 웃어 보이는 걸로 녀석에게 오토바이 사건 때 일을 사과했다. 태호 입가가 움찔하더니 이내 고개를 돌렸다.

오랜 시간이 지나 아빠 시신이 돌아왔다. 우리는 주임 신부님의 장례 미사로 아빠 장례식을 치렀다. 장례식에 큰 도움을 준 이는 승환 아저씨였다. 내가 아는 그분이 맞나 싶을 만큼 아저씨는 어느 때보다 진지하고 정성껏 장례를 도왔다. 고마웠다. 장례식이 끝나 갈 때쯤 어떤 젊은 여자가 다가왔다. 그 여자는 자신을 박형식의 아내라고 소개했다. 처음 듣는 이름에 어깨를 으쓱이는데 엄마 얼굴빛이 파리했다.

"죄송해요. 형식 씨 시신 찾으러 갔다가 강 팀장님이 그렇게 되신 거 알면서도 찾아뵙지 못했어요. 그럼 형식 씨가 죽었다는 걸 인정하는 것 같아서."

여자는 마치 자기 잘못이라도 되는 양 고개를 숙였다.

엄마가 여자 손을 잡았다.

"나한테 죄송할 일 없어요. 그건 그 사람 선택이었고 신념이었으니까."

엄마의 담담한 말에 여자는 고개를 들었다.

"남편이 실종되고 3년 동안 고민했어요. 남편이 왜 무모한 죽음을 맞아야 했는지 답을 찾고 싶었거든요. 그런데 이제야 답을 찾았네요. 그건 남편이 선택한 길이었고 아무도 막을 수 없었다는 걸요. 결코 무모한 죽음은 없어요. 형식 씨도 남편도 모두 의미 있는 죽음이니까요."

"고맙습니다."

여자는 엄마를 꽉 끌어안았다.

나는 그 기분이 어떨지 충분히 알 것 같다. 인정할 수 없는 건 사랑하는 사람의 죽음이 아니라 그와 다시는 우연히도 만날 수 없다는 두려움 때문이 아닐까.

장례식을 끝내고 가는 길에 초록바위 성지 앞을 지나가게 됐다. 문득 산에 오르고 싶은 충동이 일었다. 거기 오르면 언제나 그랬듯 녀석이 툭 하고 튀어나올 것 같다.

"엄마, 이번 주 일요일에 나랑 곤지산 갈래?"

"곤지산? 곤지산이 어디야?"

"저기! 우리가 매일 바라봤던 저 언덕이야."

엄마는 내가 가리키는 방향을 보며 하얀 웃음을 지었다.

"좋지!"

작가의 말

제가 사는 전주에는 '초록바위'라 불리는 곳이 있습니다. 곤지산 끝자락에 위치한 이곳은 조선 후기 천주교 신자들의 참수 터였습니다.

스산한 바람을 맞으며 초록바위에 서서 전주천을 바라보고 있자면 커다란 조형물이 보입니다. 조형물에는 지금으로 치자면 중학생 정도 되는 남자아이 두 명이 십자가를 메고 앉아 망나니의 시퍼런 칼을 마주하고 있는 장면이 모자이크 타일로 표현되어 있습니다. 알고 보니 이들은 병인박해 때 천주교 신자란 이유로 초록바위에서 참수를 당한 아이들이었습니다.

박해의 희생양인 이들을 보면서 의문을 가졌습니다. 종교를 저버리면 목숨만은 살려 준다는 전라 감사의 설득에도 이들은 왜 죽음을 선택했을까? 목숨을 내던질 만큼 종교적 신념이 강했던 걸까? 역사에는 기록되지 않은, 피치 못 할 사정으로 목숨을 버려야 했던 건 아니었을까? 내가 만약 저 아이들이었다면 어떤 결정을 내렸을까? 하는 질문이 꼬리에 꼬리를 물고 이어졌습니다.

사전에서 신념의 뜻을 찾아보았습니다. 신념은 "어떤 사상이나 생각을 굳게 믿으며 그것을 실현하려는 의지"라고 풀이되었습니다. 피상적인 단어들로 뭉쳐진 뜻풀이로는 신념이 무엇인지 정확히 알 수 없었습니다.

그러던 차에 초록바위 주위를 서성이는 남학생을 발견했습니다. 학교에 있을 시간에 교복을 입고 배회하는 아이를 보는 순간 제 머리 위로 밝은 해가 떠올랐습니다. 어렴풋이나마 신념이 무엇인지 그게 우리에게 어떤 의미를 주는지 이야기해 줄 아이를 발견한 것이지요.

이 이야기는 그렇게 시작되었습니다. 이 소설은 안타깝게도 여러분에게 신념을 설명해 주지 않습니다. '신념을 가져라! 신념 있게 행동하라!'라는 구태의연한 말도 하지 않습니다.

신념을 몰라도, 신념이 없어도 상관없습니다. 다만 이 소설을 읽는 동안 청소년 스스로 이 시기를 어떤 마음가짐과 사고를 갖고 건너가야 하는 가를 생각해 보았으면 합니다. 욕심을 내자면 되도록 질풍노도의 중심으로 기꺼이 걸어 들어가는 용기를 내

었으면 합니다. 두렵다는 걸 압니다. 그러나 걱정하지 마세요. 두려움이 바로 의미 있는 행동의 출발점이 될 테니까요.

마지막으로 이름 없는 녀석과 단우를 기꺼이 껴안아 주신 단비청소년 대표님께 감사의 마음을 전합니다. 그리고 저를 항상 지지해 주는 가족과 문우들, 저를 아끼는 모든 분께도 감사드립니다.

김근혜